Robin Hood

BIBLIOTECA UNIVERSAL
DE CLÁSICOS JUVENILES

Robin Hood

VERSIÓN ÍNTEGRA

Ediciones Gaviota

BIBLIOTECA UNIVERSAL DE CLÁSICOS JUVENILES

Versión íntegra no adaptada ni abreviada

Basada en las baladas heroicas antiguas, canciones y otras obras publicadas en «Reliques of Ancient English Poetry». 3 vol. Dodsley, 1765; Dublin, 1766; segunda edición, 3 vol. Dodsley, 1767; tercera edición, 3 vol., 1775; edición aparecida en Londres y Frankfort, omitiendo el nombre del obispo Percy, 1790; cuarta edición, de Thomas Percy, 3 vol., 1974; Frankfort, 1803; quinta edición, 3 vol., 1812, 1830, 1844, 1857, 1889; Ed. R. A. Wilmot, ilustrada por E. Corbould, Routledge, 1857, 1878; Ed. G. Gilfillan, con una memoria y ensayo crítico, 3 vol., 1858, con edición del texto de C. Cowdwn Clarke, Cassel, 1877; Tauchnitz Edition, 1866; Ed. H. B. Wheatley, 3 vol, 1876, 1891; Ed. J. V. Prichard, 2 vol. Bohn, 1876 y Ed. E. Walford con un glosario, 1880; Ed. R. A. Wilmot, 1893; reimpresión a partir del folio del original por Ms. Ed. J. W. Whales y F. J. Funivall, ayudante del prof. Child y otros, con una biografía de J. Pickford, 3 vol., 1867 y 1868.

Traducción: Gonzalo Zaragoza Robira
Diseño de cubierta: David de Ramón

Manuel Tovar, 8
28034 MADRID (España)
ISBN: 84-392-0924-X
Depósito legal: LE. 701-2001

Printed in Spain - Impreso en España
EDITORIAL EVERGRÁFICAS, S. L.
Carretera León - La Coruña, km 5
LEÓN (España)

ROBIN HOOD

Las gestas y aventuras de Robin Hood, al igual que nuestros romances, se fueron transmitiendo de forma oral hasta que las baladas fueron impresas y encuadernadas en libros baratos, que transportaban aquellos buhoneros en grandes cestas y los distribuían en las aldeas y ciudades medievales. Desde entonces, han constituido lectura juvenil, aunque William Shakespeare citara los libros sobre Robin Hood como aptos para locos o los pedagogos del siglo XVIII advirtieran a los niños que no debían leer baladas ni libros de locos, sino vidas ejemplares y tratados de buena urbanidad.

Las aventuras de Robin Hood que relatamos, se enmarcan en los finales del siglo XII, tiempos de Ricardo Corazón de León, el rey que mereció el respeto del gran emperador Saladino, y logró llegar a pocos kilómetros de Jerusalén capitaneando la tercera cruzada, firmando un pacto por el cual los peregrinos cristianos podrían en adelante visitar libremente la Ciudad Santa. Robin Hood, personaje legendario o real, amigo de los pobres, formidable arquero, leal para su rey y sus compañeros, conquistó la fama; fue un proscrito pero siguió defendiendo al pueblo oprimido frente a nobles y abades que se habían acostumbrado a expoliarlo, por lo que emuló en Inglaterra las gestas de los cruzados y se le ha considerado como el héroe del pueblo llano.

Entre las baladas de Robin Hood, que se han derivado de una tradición popular genuina, la «Gest of Robin Hood» ocupa el primer lugar por su importancia e interés. Esta balada no solamente nos relata las costumbres y rasgos principales del carácter de Robin Hood, sino que también nos narra un elevado número de aventuras. Es uno de los mejores ejemplos de la literatura medieval, con narraciones hábilmente planificadas y con redacción brillante. En la literatura inglesa, y quizá también en la europea, es el único ejem-

plo de un poema, empleando el metro y hasta cierto punto el estilo de la simple balada; nos muestra en sus 456 estrofas de baladas al héroe como personaje principal, baladas originariamente separadas, pero que logra proporcionar una imagen completa de la vida de Robin Hood, utilizando el método y el estilo tradicional de la épica.

La «Gest of Robin Hood» describe al héroe medieval popular, y esto supone una aportación al problema de los orígenes épicos y de las relaciones entre la balada y la épica.

En las baladas populares inglesas y escocesas, la «Gest of Robin Hood» se imprimió desde las ediciones más antiguas, siendo el profesor Child el que recopiló toda la información hasta la fecha de su publicación y el período de su composición. Existen siete ediciones primitivas, tres de las cuales son meros fragmentos. Una de ellas, la «Gest of Robyn Hode», sin nombre, fecha ni lugar de impresión, es la que hace la número once y último fragmento de un volumen de la Biblioteca de los Abogados de Edimburgo, descubierta en Ayrshire en 1785 y presentada a la Biblioteca tres años después. No ha sido posible determinar el impresor ni la fecha de edición. Existen pruebas de que no es un trabajo de Walter Chepman y Andrew Myllar, quienes introdujeron la imprenta en Escocia en el año 1507, siendo en este año en el que obtuvieron el permiso de Jaime IV para establecerse y trabajar con una prensa tipográfica en Edimburgo.

El poema no es una mera colección mecánica de baladas juntas, sino una completa reelaboración y fusión de baladas y leyendas medievales, dentro de una narración unificada. Algunas de las baladas que utilizó, pudieron estar compuestas a partir de otras más cortas, pero el compilador consiguió estructurarlas él sólo. No se ha conseguido saber nada de la personalidad, vida y formación del compilador, aunque se cree que vivió en el siglo XIV, pues la «e» final aún estaba en uso y así aparece en múltiples ocasiones en el poema. La difusión debió producirse cuando el deseo de libertad de las clases inferiores estimuló al compilador de las baladas de Robind Hood, por tratarse de un héroe que encarnaba la defensa de los pobres frente a los lores, nobles, señores, clérigos y abades, codiciosos y opresores de ese pueblo. Esta compilación no se pudo hacer por un mero cantor o trovador de baladas, posiblemente fue un clérigo que se convirtió en juglar de una clase superior. Cualquiera que fuese su identidad, el humilde rapsoda que compiló la

«Gest of Robin Hood» creó para las generaciones venideras una fuente de leyendas notable para la literatura medieval inglesa.

Aunque hay polémica sobre el método de composición atribuido a la «Gest of Robin Hood», la teoría de que las épicas populares como la «Ilíada» y la «Canción de Roldán» constituyen un desarrollo mediando la creación y reelaboración artística a partir de baladas populares, recibe una confirmación importante. Tenemos aquí un poema en metro balada y un estilo que se puede demostrar que también está basado en baladas, que ha logrado perdurar en parte. Propone una figura central, con poemas de detalles descriptivos y construcción narrativa cuidadosa, en el cual, los acontecimientos que van a suceder, mucho antes se encuentran previstos y preparados. Es la extraordinaria combinación de balada y calidades épicas, lo cual genera un eslabón para las dos formas literarias. Seguramente que bajo condiciones más favorables y con un héroe nacional de mayor resonancia, la «Gest of Robin Hood» se habría convertido en una «Ilíada» o una «Canción de Roldán» inglesa.

Nuestro Robin Hood, valiente y justiciero, luchará contra caciques, descubrirá las tramas de los traidores. Y con sus fieles amigos salvará situaciones en que la vida se valora muy poco frente a los valores del heroísmo.

I

ROBIN HOOD, PROSCRITO DEL REY

El hermano Jorge corría por el bosque. No se atrevía a mirar atrás, por temor a descubrir a los soldados del conde Guido que corrían en su busca. Atravesaba los zarzales y matorrales sin importarle las heridas que le causaban. Su hábito de monje estaba hecho jirones, y apenas si podía respirar. Había escapado de sus perseguidores, y podría considerarse afortundo si éstos le perdían de vista.

Y, al fin y al cabo, no había tanta razón para jugarse la vida en aquella huida loca. El no había hecho más que decir la verdad, actuar de acuerdo con el Evangelio de Jesucristo que, como monje ordenado, debía predicar al pueblo, siguiendo los consejos del Redentor.

Malos tiempos corrían en Inglaterra en aquellos años del siglo XI, en que el rey Ricardo Corazón de León había partido a Tierra Santa, a las Cruzadas, a reconquistar los Santos Lugares de las manos de los infieles. Malos tiempos, en verdad, porque aprovechando su ausencia, los nobles, obispos y señores feudales habían apretado las clavijas al pueblo, queriendo saciar sus apetitos de poder y de riqueza. Malos tiempos, porque el regente, el príncipe Juan, hermano del rey, era un alma sin escrúpulos, que aceptaba el juego de los nobles para construirse, él sólo, su poder. Malos tiempos, porque se decía que el buen rey Ricardo había caído prisionero y nunca más regresaría a su tierra.

De todos modos, el hermano Jorge había conseguido escapar de sus perseguidores. Se encontraba en el interior de un denso bosque de robles y fresnos altísimos, que se oscurecía a cada paso. Entre las ramas brillaba el sol del mediodía. El silencio sólo lo interrumpía el canto de los pájaros y sus propias pisadas sobre las hierbas. Había logrado salvar la vida, sí, pero ¿a dónde iría? El abad de su monasterio ya había comunicado al conde Guido su falta, y los soldados del conde no cejarían hasta encontrarle. A no ser, claro está, que lograra encontrar a los proscritos de Robin Hood.

Se dio cuenta que, en la huida, había perdido las sandalias, y los pies le sangraban. Tenía que encontrar un refugio, y alguien que le escondiera de la justicia del conde. Elevó una oración de súplica. Dios no podría abandonarle a él, el humilde hermano Jorge, que jamás había actuado en contra de ningún ser humano. Dios debía ayudarle.

Siguió avanzando por el bosque, y poco a poco llegó a sus oídos un rumor cantarino. Sí, debía ser una cascada, o un remolino de un río. Por lo menos podría lavar sus heridas y descansar. Pero un río también podía indicar un molino, una población, y no podía estar seguro de ser bien acogido.

Caminando sigilosamente, y agazapado detrás de un roble inmenso, atisbó un panorama agradable: un riachuelo se deslizaba entre los prados, y en el lugar en que se hacía más ancho se divisaba una pequeña ermita rematada por una humilde espadaña, y una casita donde, sin duda, debía vivir el ermitaño. Junto a la ribera próxima a la ermita se divisaba un embarcadero, una barca, y un cable que la unía con la otra orilla.

—Un ermitaño —pensó— debe ser un hombre de bien, y creo que ayudará a un humilde fraile perdido en el bosque.

Con estos pensamientos bajó la pendiente que del bosque llevaba al río, y al acercarse a la ermita oyó una voz potente, de campesino, que entonaba una canción. No tuvo tiempo de decidir si aquella era la voz más apropiada para un ermitaño, porque, cuando estaba a veinte metros de la ermita, salió de su interior una extraña figura. Iba vestido con hábito de fraile, de tosco sayal, sí, pero, sin embargo, le colgaba del cinto un espadón que no debería utilizar para bendecir a los campesinos. Al verle, le gritó, como si quisiera expulsarlo de sus dominios:

—¿Qué hace por estas tierras un fraile tan débil y tan delgado como vos?

—Hermano, os pido caridad. Vengo malherido, y es posible que los soldados me hayan seguido la pista por el bosque.

—Para huir de los soldados hay que engordar un poco antes, hermano. Pero ven a mi humilde morada y cuéntame tus desdichas.

El hermano Jorge acompañó al ermitaño a su morada. Claro que de ermitaño no tenía más que el hábito, porque su talla física superaba la de los mejores heraldos del conde, y su musculatura era más propia de un guerrero. Pero el hermano Jorge no estaba para hacer tales distinciones. Agradeció la ayuda que le brindaba, entró en la choza, se sentó en una silla de madera, aceptó un trago de leche, y permitió que el gigantón le limpiara las heridas. Luego se tumbó en un jergón y quedó profundamente dormido, aunque tuvo pesadillas en que un dragón le acorralaba y un obispo gordo reía al ver su triste destino.

Cuando despertó, ya estaba atardeciendo. El ermitaño había recogido leña y estaba preparando un buen fuego. El hermano Jorge abrió los ojos, y al recordar que se encontraba en buena compañía, lanzó un suspiro de alivio. Entonces, el gigantón se volvió hacia él y le dijo:

—Bueno, hermano, sois muy delicado, por lo visto, y no estáis hecho para aventuraros por estos bosques, ni para vadear este arroyuelo de Copmanhurst. Contadme vuestra historia, por si me sirve de esparcimiento.

El hermano se incorporó en el lecho, bebió un trago de agua del cuenco que tenía en el suelo y comenzó su relato:

—Tenéis que saber que soy un hermano profeso de la orden de San Agustín. Aunque procedo de una familia sajona de cierta distinción, mis padres se quedaron sin propiedades...

—¡Ya sé todas esas lágrimas de los pobres sajones! Los normandos conquistaron Inglaterra, pero ya hace mucho tiempo y no es hora de lágrimas, sino de acción.

Al hermano le extrañó aquella respuesta tan poco... monástica, pero siguió adelante.

—De pequeño me gustaron las artes liberales y el estudio de los textos religiosos. Por eso, y porque era de temperamento débil, me destinaron a un convento. Hubiera podido ser abad, pero siempre me lo impidió una cosa, mi... mi forma de ser. Yo soy pacífico y no podía comprender por qué los hombres de Dios tenían que controlar tierras, cobrar tributos a los campesinos, esquilmarles sus tierras...

—Menos sermones, hermano, y vayamos al grano. ¿No ve que está con un compañero de fatigas?

—Sí, sí, claro. Pues quiero decir que en el convento, la vida se me hizo cada vez más difícil. Hasta que... esta mañana... era el día en que los campesinos venían a entregar sus tributos. Ya sabéis: uno entrega seis sacos de trigo, el otro treinta monedas, el molinero su fina harina, el zapatero...

—¡Venga, venga, que me estoy cansando y este fuego no acaba de calentarnos!

—Sí, hermano. Un campesino había fallecido, y el abad quería que su pobre viuda pagara los tributos que él debía. La mujer no tenía nada que darle, porque estaba en la miseria. «¡Mis hijos no comen, señor abad!», le decía. Pero él le dijo: «Ya conoces las leyes. Si no pagas el tributo, la abadía se queda con las tierras y tú tienes que buscarte otro amo. Pero como la Iglesia es misericordiosa, te dejamos dos días para que abandones tus tierras».

—Entonces, hermano, tú le hablaste del Evangelio, te enfrentaste con el abad...

—Sí, y éste dio orden de que me fuera. Pero yo no quise irme: ¿por qué iba a abandonar mi convento, si Dios mismo me había puesto en él? Dije que tenían que echarme a la fuerza.

—Y el abad dio orden al conde Guido, y éste envió a sus hombres. ¡Vaya, vaya con el frailecito! ¡Si tuvieras unos músculos más! En fin... Y ¿por qué no te dejaste prender por los soldados? Te hubieran enviado a un monasterio perdido en las montañas y allí habría acabado tu vida.

—Ese fue un momento de debilidad, hermano, y de ello pido perdón a Dios. Estaba dispuesto a aceptar el martirio, sí, pero, de pronto, recordé la leyenda de Robin Hood.

El ermitaño, al oír estas palabras, hizo un gesto, mitad de asombro, mitad de extrañeza:

—¿Qué queréis decir, hermano?

—Ahora veréis. Aunque en el convento no me ocupaba mucho de los asuntos del mundo, porque me bastaba pasar mis horas en el *scriptorium* copiando libros sagrados, había oído hablar de una leyenda. Un tal Robin Hood, que vivía en los bosques de Sherwood, y que desfacía entuertos, luchando por la justicia y por ayudar a los pobres.

—¿Y entonces?

—Entonces, y repito que he de pedir perdón a Dios por ese pensamiento, se hizo una luz en mi mente: ¿qué será mejor —me dije— dejarme encerrar en una cárcel o prestar mis pobres dotes al servicio de una causa noble? Y recordé que el bosque de Sherwood no se hallaba muy lejos del monasterio. Así que eché a correr, a correr, a correr... y aquí he llegado.

El extraño ermitaño no hizo ningún comentario; parecía haber perdido su buen humor. Los dos cenaron frugalmente aquella noche, y después de la cena, el ermitaño le dijo al hermano Jorge que tenía que ausentarse algunas horas.

El fugitivo rezó sus oraciones, salió a dar un paseo junto al río —era ya anochecido y no se oían pasos peligrosos—, estuvo largo rato meditando junto al embarcadero, mientras las aguas cantaban su eterna canción inquieta, y por último volvió al jergón que le había acogido, y se quedó dormido. El ermitaño aún no había regresado.

Al amanecer, el hermano Jorge oyó el canto de los pájaros, el murmullo del agua del río, y notó una carcajada sobre su rostro. Era el ermitaño, que habiendo regresado, le movía para despertarle.

—¡Hermano Jorge, tenéis toda la razón! Tengo unas hogazas de pan que me ha traído un campesino, al que he ayudado a cruzar el río, y unos guisantes de desayuno. Si su eminencia reverendísima —e hizo una gran reverencia— quiere acompañarme, le contaré una historia que puede resultarle... por lo menos, interesante.

—Os escucho, hermano.

—Cuando ayer me contásteis vuestra huída y el deseo de uniros con los hombres de Robin Hood no sabía si creeros o no, porque en estos tiempos tan malditos hay espías y hasta las paredes oyen. Pero anoche me ausenté, me acerqué hasta Gamwell y comprobé que la historia que me dijísteis es tan cierta como que brilla el sol. Así que sois el reverendo Jorge Espresseth, uno de los mejores copistas del convento de Montcaduceus... ¡Vaya, vaya, se ha perdido un genio para la cultura!

El hermano Jorge se ruborizó, se encogió de hombros y, algo más relajado, preguntó a su vez:

—Y ahora, hermano, podría contarme algo más sobre vos, y... sobre ese Robin Hood, que mis estudios me han impedido conocer.

—Ahora seré como un libro abierto. No tengo nada que ocultaros. Sabed que yo me llamo el hermano Miguel Tuck, y pertenecía a la comunidad del monasterio de Las Fuentes. Entre mis ocupaciones habituales estaba la de confesar a una hermosa joven, tan honesta como diestra en el manejo de las armas, llamada Mariana Fitzwalter.

—¿La hija de lord Fitzwalter, el conde de Arlingford?

—La misma que viste y calza. Supongo, entonces, que recordaréis que la joven estaba prometida en matrimonio con el conde de Huntingdon, Roberto Fitzooth, un muchacho de buena planta, pelo oscuro, ojos de águila y una habilidad y una fuerza física de primer orden.

—¿Era Roberto un sajón?

El robusto hermano Tuck prorrumpió en una carcajada:

—¡El viejo tema! ¡Cómo cuesta aceptar que todos los hombres son hijos de Dios, cuando los normandos parecen creados por el demonio! Desde hace más de un siglo, los normandos, al conquistar estas tierras, impusieron una dura servidumbre a los señores sajones. A muchos les quitaron las tierras, a otros les obligaron al exilio. Roberto Fitzooth era hijo de padre normando y madre y abuela sajonas. Y, sobre todo, era un fiel servidor del buen rey Ricardo.

—¡Ricardo, qué lástima! ¡Si no hubiera partido a las Cruzadas!

—No es eso lo grave, hermanito escritor. Recordad que, al partir a Tierra Santa, dejó de regente de Inglaterra al buen obispo de Ely. Fue ese renegado hermano del rey, Juan, quien al acusar al obispo de traición se puso en su lugar. Luego, Juan comenzó a conseguir tierras y castillos por el simple procedimiento de declarar proscrito a un noble y ocupar todo lo suyo.

—No os vayáis por las ramas, os lo ruego. ¿Qué ocurrió del matrimonio entre Roberto Fitzooth y Mariana?

—Continúo. Fue un episodio del que se seguirá hablando en estas altas tierras inglesas durante muchas generaciones. Yo era testigo de excepción, pues, como confesor de la novia, ocupaba un lugar destacado en la iglesia.

—¿Así que se casaron?

—Vamos poco a poco. Se iban a casar. En el castillo de Locksley, el conde Roberto reunió a cientos de invitados. Aquella noche se celebró una bonita fiesta, con músicos y saltimbanquis; bebimos aguamiel fermentada, cerveza y vino, y hasta los más humildes campesinos se regocijaban con sus señores. Lo que nadie pudo imaginar es que, entre los invitados de la gleba, se habían colado dos peregrinos que, en realidad, eran el mismísimo príncipe Juan y el noble Guido de Gisborne.

—¡Guido! ¡El mismo que me ha perseguido!

—Claro, que la historia empieza antes. El momento exacto no puedo decirlo, porque yo no soy hombre de letras, sino de acción —sonrió y buscó por debajo del jergón una bota de vino, que comenzo á beber ante los horrorizados ojos del hermano Jorge—. Hacía ya algunos años que en los bosques de Sherwood apareció un grupo de rebeldes acaudillados por un hombre extraordinario llamado Robin Hood. Eran buenos arqueros, y su misión principal era socorrer a los necesitados, ayudar a las doncellas y evitar que los nobles oprimieran al pueblo. Eran temidos por los señores feudales y por el mismísimo regente, pero no había forma de darles caza.

—Pero el conde Roberto...

El hermano Miguel Tuck pasó la bota de vino al hermano Jorge, quien rehusó echar un trago. Entonces, el ermitaño le dijo:

—Tú te lo pierdes. Beberé a tu salud. Estos recuerdos me dan tanta pena que si no bebo un poquillo se me salen las lágrimas. Pues sí. Parece que el regente Juan y el noble Guido habían acudido a la fiesta, siguiendo a uno de los hombres de Robin Hood, Will Scarlett. Ese Will se había hecho cargo del hijo del molinero de la ciudad de Nottingham, que quedó huérfano porque la justicia —¡justicia!— real le ajustició, culpable de haber cazado un ciervo de los parques reales.

—No os sigo, hermano. Aclarádmelo.

—Sí, hombre, ¡no seas tan torpe! Al molinero le mataron y prendieron fuego a su molino, cuando el príncipe Juan estaba presente en Nottingham. Y él mismo vio que un hombre, vestido de verde, con un potente arco al brazo, acudía a consolar a los amigos y vecinos del molinero, se hacía cargo del huérfano y se lo llevaba hacia el interior del bosque.

—Así que le siguieron y vieron que acudía a la fiesta de matrimonio del conde Roberto.

—Ahora ya estáis en antecedentes. Pues bien, el drama, el estallido, se produjo en la misma boda. Habíamos bebido mucho la noche anterior, pero la abadía de Las Fuentes estaba tan hermosa, repleta de flores y decorada con banderolas con los colores de las casas del conde y del padre de la prometida, conde de Locksley, que olvidamos nuestra cogorza. Era un día muy hermoso, y la doncella Mariana llevaba un vestido blanco largo, ajustado al talle. Roberto entró en la iglesia acompañado de un grupo de arqueros, que formaron dos filas y, alzando los arcos, elevaron un túnel de honor para que desfilasen los novios. Comenzó la santa misa. Oficiaba el abad del monasterio, ese cerdo glotón y avaricioso...

—¡Hermano!

—La verdad os hará libres, hermano Jorge. Recordad el Evangelio. Y esa es la verdad. Glotón, avaricioso y sin escrúpulos. Allá estaba el abad, revestido de su capa pluvial, rodeado de toda la comunidad, entre la que, naturalmente, me encontraba yo. Avanzan los novios, con el padre de la novia y algunos caballeros distinguidos. Entonamos un motete religioso. Comienza la misa. Después del Evangelio, el abad se acerca hacia los contrayentes. «Señor Roberto Fitzooth, ¿tomáis como esposa...?» Y entonces...

—¿Entonces, qué?

—Entonces se oye un griterío que procede del fondo de la iglesia. Las mujeres chillan, los caballeros se inquietan. Y entre el tropel de asistentes, raudo como una centella, se abre paso un caballero, a caballo, cubierto de brillante armadura, con la celada abierta y una espada en la mano.

—Eso es un sacrilegio; eso es profanar la casa de Dios.

—Así le dijo el abad. «¿Quién osa cometer sacrilegio en mi abadía?» Pero al caballero seguían ya otros diez guerreros, que penetraron con él en el templo.

—El que primero había entrado, bajó del caballo y gritó con voz de trueno: «Yo, Guido de Gisborne, en nombre del rey de Inglaterra, que Dios guarde, prohíbo que continúe esta ceremonia». Y, entre la consternación de todos, extrajo un pergamino con el sello del rey, que leyó en público y luego pasó al abad para que comprobase sello y firmas.

—¿Y qué decía ese pergamino?

—Lo recuerdo como si lo estuviera oyendo ahora mismo. Pero bebamos otro trago de vino, que la boca se me queda seca. «Sepan todos los que la presente vieren y entendieren, que yo, príncipe Juan, Regente de Inglaterra, en nombre del rey Ricardo, declaro que el llamado Roberto Fitzooth, que se llama conde de Huntingdon, ha resultado ser el mismo bandido y bandolero Robin Hood, que merodea por la comarca y causa daños a mis propiedades y a las de los demás señores de mi reino.»

—¿Y era verdad?

—¡No me interrumpa su reverencia! «Y por ello le declaro proscrito de mis tierras, y nadie deberá prestarle la menor ayuda, sino entregarlo a mi justicia, para que sea ejecutado.»

—¿Y cómo reaccionó el conde Roberto... o Robin Hood?

—Estaba muy tranquilo. Claro, que sus arqueros se habían

colocado entre la muchedumbre, y estaban dispuestos a intervenir a la menor señal de su señor. Sin embargo, al principio negó en público que él fuera el proscrito Robin Hood.

—¿Lo negó?

—Es un hombre tan fuerte como astuto. Ante todo pidió al abad, que leía en silencio el pergamino, que se lo mostrara. Y con él en la mano, sin perder su aplomo, se dirigió a Guido y le dijo: «¿Dónde está el sello del rey Ricardo? ¿O el del único regente nombrado por él, el obispo de Ely? ¿Os atrevéis a llamar traidor a un buen vasallo de nuestro rey Ricardo?».

—¡Oh, qué buen vasallo si hubiera buen señor!

—Guido contestó que el título de conde de Roberto lo había heredado por línea sajona, y que por ello no era válido. Entonces, Roberto, desde lo alto del presbiterio, dirigiéndose a todos los presentes, les dijo: «Si no me aceptáis como conde, título al que tengo todos los derechos, me tendréis que aceptar como justiciero del reino. Si el príncipe me declara proscrito, actuaré en nombre del buen rey Ricardo, y seré su justicia y su defensor hasta que regrese de Tierra Santa. A vosotros, campesinos, os digo que en mí tendréis un salvador; a vosotros, abades y obispos que engordáis con la sangre de los humildes, y a vosotros, señores feudales que construís vuestros castillos con el sufrimiento de los pobres, os digo que desde ahora os declaro la guerra sin cuartel».

—Pero, ¿no ha dicho que con el conde Guido entraron otros hombres armados? ¿No intervinieron contra él?

—¡Bastante sacrilegio habían cometido sólo con entrar armados en la casa de Dios! ¿Cómo iban a atreverse a...? Y, además, cada uno de los soldados de Guido estaba ya rodeado por unos cuantos arqueros de Robin, dispuestos a actuar...

—Entonces, Robin Hood pudo escapar fácilmente.

—Sí, pero no sin antes dejar claro que, aunque por la irrupción del noble Guido no se hubiera podido terminar la ceremonia, él se consideraba casado ante los ojos de Dios. Recuerdo que preguntó a la doncella Mariana: «¿Habéis deseado contraer matrimonio con el conde de Huntingdon, Roberto, cuyas tierras se extienden del río Trent al Ouse, o acaso con el proscrito Robin Hood?» A lo que ella contestó: «Con vos, señor, sea cual fuere vuestro nombre». Entonces, Robin Hood encomendó al padre de Mariana, lord Fitzwalter, que guardara a su hija en el castillo de Arlingford hasta que llegara el momento en que se desfacieran todos los entuertos con el retorno del buen rey Ricardo Corazón de León.

—Entonces escapó, imagino.

—¡Buen muchacho es Robin Hood! Antes de huir propinó un soberano golpe con su espada en el casco del noble Guido. ¡Ja, ja, ja! ¡Si hubiérais visto cómo quedó de humillado! Y entonces escapó, claro. Los hombres de Guido intentaban apresar a los arqueros de Robin, pero éstos saben bien su papel, y fueron retirándose, disparando sus flechas con buena puntería. Los de Guido, armados con su pesado traje de hierro, no se atrevieron a salir de la capilla hasta que tuvieron la seguridad de que los proscritos se habían internado en el bosque.

—Lo que no me explico, reverendo padre, es que si habíais sido confesor de Mariana, y miembro del convento de Las Fuentes, hayáis venido a parar a esta humilde ermita, junto al río.

—Esa es otra historia, pero mejor será que os la cuente. Al escapar Robin Hood de la abadía, el noble Guido se entrevistó con el abad, en el refectorio, y comentaron los sucesos del día. «¡Que Dios bendiga a quien logre matar al proscrito», decía el abad. Y Guido, naturalmente, abundaba en los mismos designios. Yo estaba junto a ellos, porque el abad me había mandado llamar, como confesor de la novia. «Deberían matarlo», así decían. Yo sugerí, tímidamente, que quien lograra llevar a cabo la empresa debía medir antes sus fuerzas, porque se sabía que el conde Roberto era el mejor arquero de Inglaterra. Además, les dije que al declararle proscrito le obligaban al robo y a la violencia.

—No lo entiendo.

—¡Ay, hermanito, qué poco sabéis de la vida! ¡No habéis sacado las narices de los códices! Si a un hombre le separas de la comunicación con los demás, y no le dejas más guarida que los bosques de Sherwood, ¿de qué se alimentará? De los venados de los bosques, de los venados del rey, protegidos por todas las leyes. ¿Y cómo conseguirá otros alimentos, ropas, medios de subsistencia? Tendrá que conseguir los doblones de algún modo, digo yo. Pues asaltando a los caminantes. No olvidéis que el camino real cruza el bosque de Sherwood.

—Ya entiendo. El abad se enojó con vos, y tuvisteis que huir.

—No fue todo tan rápido. Al día siguiente acompañé al noble Guido al castillo de lord Fitzwalter, en Arlingford. Este anciano caballero dio las gracias a Guido por haber interrumpido el curso de la ceremonia. ¡Habráse visto! «¡No quiero que mi hija sea la esposa de un proscrito del rey!»

—Entonces intervino su eminencia reverendísima...

—¡Menos burlas, jovencito, que veo que ya me vais conociendo! ¿No nos ha dado Dios la lengua para que hablemos? Pues sí, intervine diciendo que el corazón tiene razones que la razón no comprende. Eso no es hablar en parábolas, vamos. Y que para mí, y para cualquier persona con dos dedos de frente, ante Dios ya estaban casados.

—Y salisteis del castillo de una patada en vuestras reverendas posaderas.

—¡Te dije que menos burlas! Salí yo, es cierto, pero parece que al rato también se escapó Mariana.

—¿Actuó contra la voluntad de su padre?

—¡Buena es Mariana para que nadie le ponga cortapisas! Diestra en el manejo del arco y de la espada, ágil, astuta... y todo eso bajo una apariencia de recatada humildad. ¡Para que uno se fíe luego de las damiselas! Sí, yo salí corriendo, pero ella se escapó. Y parece ser que se fue con su amado Robin. ¡Dios los bendiga!

—Hermano, hay algo que no entiendo. ¿Por qué no os unisteis entonces a la banda del proscrito?

—Otro día te contaré la historia. Pero lo que ahora importa es que toméis una decisión. ¿Vais a seguir al enemigo número uno de los nobles ingleses, o vais a buscar otro tipo de escondrijo?

—Mi decisión ya está hecha. Lo único que me apena, hermano, es ser tan débil de cuerpo, tan inútil, tan poco diestro en el uso de las armas.

El fraile Tuck le dio una palmada en el hombro que por poco le hace caer a tierra, y le animó:

—¡Venga, muchacho! También necesitan gente que sepa escribir, leer documentos, dibujar planos. Y, claro está, que a la vez se ocupe de la salud espiritual de los pobres proscritos. ¿Os vais con Robin?

Al caer el sol, el hermano Jorge, con una carta de puño y letra del robusto ermitaño, y una bota llena de agua fresca, emprendió el camino hacia el bosque. Todo respiraba paz y sosiego. El bosque estaba desierto. No se oía sino el canto de los pájaros. Y cuando el hermano Jorge comenzaba a meditar sobre la grandeza de Dios, una flecha silbó junto a su oreja, y de un corpulento roble saltaron tres arqueros que le rodearon, apuntándole con sus arcos.

II

EL RESCATE DE WILL SCARLETT

Aunque el hermano Jorge esperaba encontrar algún vigía o centinela en su incursión por el bosque de Sherwood, aquella aparición repentina le dejó sin aliento. Eran tres arqueros, uno de ellos muy joven, de unos dieciséis años, el otro más adulto; el tercero, de edad algo madura, parecía un gigante, y le recordaba al extraño monje Tuck. Vestían jubón verde que les llegaba hasta media pierna, medias oscuras y altas botas de cuero. Cubrían la cabeza con un sombrero ladeado adornado con una pluma de ave. El gigantón fue el primero en dirigirle la palabra, sin dejar de apuntarle con el arco:

—¡Venga, monje! Cuéntanos qué haces por estos bosques y a dónde te diriges. Y saca tu contribución para pagar los gastos de los proscritos.

El hermano, tartamudeando, les explicó su objetivo, y les mostró la carta que le había entregado el monje Tuck. El gigantón se rascó la cara:

—¡Vaya, vaya! Puede ser verdad, o puede ser mentira, pero tendrás que esperar aquí con nosotros.

Se acercó al más joven de ellos —al que se dirigió llamándole «Much»— y éste escogió una flecha de su carcaj, tensó bien el arco y la lanzó en dirección lejana, por encima de las ramas bajas de los árboles. Luego echó a correr, internándose por el bosque. El otro, obedeciendo también órdenes del que parecía jefe de la patrulla, cacheó concienzudamente al tembloroso hermano Jorge, y al comprobar que no llevaba ni una mísera moneda de cobre, le dio una palmada en el hombro, y dijo, dirigiéndose al jefe:

—A fe mía, Pequeño Juan, que pocos frailes cumplen tan fielmente como éste su promesa de pobreza. La de obediencia seguro que no, porque si es verdad lo que dice, se ha escapado de su monasterio.

No tardó mucho en regresar Much, comunicándoles que el

propio Robin Hood había reconocido la firma y que aceptaba a Jorge entre los suyos. Los tres patrulleros lanzaron un grito de júbilo, elevando los sombreros al aire, y felicitaron al asustado monjecillo. Este no salía de su asombro.

—Ya ves, hermano, nuestro campamento está en el corazón del bosque de Sherwood, pero para evitar presencias no deseadas tenemos todo un sistema de vigilancia. Nosotros formamos parte de un primer círculo de centinelas, y vigilamos desde lo alto de los árboles. Si ocurre algo que deba comunicarse al jefe, disparamos una flecha al próximo puesto de vigías; éstos envían una similar al siguiente, y así, en un abrir y cerrar de ojos, en el centro del campamento se enteran de lo que ocurre en la entrada del bosque. Ingenioso, ¿verdad?

—Mucho. Es como un sistema de comunicación... más rápido que el correo a caballo. Aunque... no, no, más rápido incluso que las palomas mensajeras.

—Bueno —le dijo el Pequeño Juan—, ahora vamos a llevarte al campamento, pero nos perdonarás que, por ser la primera vez, te vendemos los ojos hasta llegar allá. Todas las precauciones son pocas.

El hermano Jorge, escoltado por el muchacho, fue avanzando por el bosque. No podía distinguir nada, y se fiaba de la mano que le guiaba. Pero se dio cuenta que recorrían un largo trecho, y que el bosque estaba salpicado por terrenos pantanosos, pequeñas colinas y densos zarzales. Al cabo de dos horas de marcha, el muchacho le dijo:

—Ya hemos llegado. Puedes quitarte la venda.

Se encontraban en un gran claro del bosque. En el centro, un roble venerable, altísimo, que debía servir de punto de reunión. En el terreno libre, cubierto de un prado de color verde intenso, había chozas rústicas, y muchos hombres, ocupados en su trabajo. Unos se ejercitaban en el tiro al blanco con flechas, a las órdenes de un hombre alto, que luego aprendió a conocer como Will Scarlett, el lugarteniente de Robin Hood. Otros, con bastones o espadas de madera, practicaban esgrima. Una de las chozas debía ser del talabartero; en otra iban entrando sacos de provisiones. Más allá, junto a unos olmos, chisporroteaba un fuego sobre el que se alzaba una enorme marmita. Era todo un pueblo escondido, aunque le pareció que faltaban las tiendas donde dormirían los hombres.

—Acompáñame. Te presentaré a Robin Hood.

Era uno de los que enseñaba esgrima a los novatos. Era de admirar su agilidad, su destreza, la rapidez con que esquivaba las suertes del adversario y asestaba sus golpes certeros. Cuando Much le advirtió de la llegada del monje, dejó la pelea, se secó el sudor de la frente y dio la mano al recién llegado, con una sonrisa:

—¡Bienvenido, hermano! Hacía tiempo que en nuestro campamento necesitábamos un hombre temeroso de Dios, que nos hiciera olvidar a tantos obispos y abades que explotan al pueblo. Me ha alegrado mucho recibir la carta del hermano Tuck, y, como él mismo dice, «aunque el muchacho esté algo enclenque, tal vez pueda seros útil».

Jorge le declaró su fidelidad a la causa que Robin Hood defendía y su deseo de prestar toda la utilidad posible a los proscritos.

—Te voy a presentar a mi estado mayor. Aquel que enseña a tirar al blanco es mi lugarteniente, Will Scarlett. El grandullón que te asaltó al entrar en el bosque era Pequeño Juan. A Much, el hijo del molinero, ya le conoces. En aquella choza está el intendente, Joaquín Prate. Voy a acompañarte, para que te dé todo lo necesario. Luego comerás en nuestra compañía.

—Y, ¿donde os alojáis, Robin? No distingo ninguna tienda de campaña, ni casa...

—¡No queremos dar facilidades al enemigo! Hemos de defender la justicia en este reino hasta que llegue el buen rey Ricardo. Este campamento es nuestro lugar de trabajo, pero cuando llega la noche disponemos de escondrijos en las cuevas, donde podemos estar seguros de que no llega nadie.

Aquel primer día fue una auténtica emoción para el hermano Jorge. No imaginaba que los proscritos formaran un auténtico pueblo, bien organizado, bien equipado y unido en torno a un jefe idolatrado por todos, que simbolizaba la lucha contra la injusticia.

Comieron grandes tajadas de venado, rociadas de buena cerveza y fresas silvestres. Will Scarlett salió, nada más comer, acompañado del hijo del molinero, para alguna misión especial. El hermano Jorge no se atrevió a preguntar a los demás de qué se trataba.

Llegó la noche. El hermano durmió en una de las cuevas próximas, preguntándose cuál debería ser, de ahora en adelante, su misión especial en este campamento; al amanecer, cuando se disponía a salir al bosque, oyó el insistente sonido de un cuerno de caza. Uno de los proscritos, que ya portaba el carcaj con las flechas y el arco en la mano, le gritó:

—¡Deprisa, hermano! ¡Tocan llamada general! ¡Vamos al gran roble!

Cuando llegó, todos estaban reunidos. Junto al roble había una enorme piedra, y sobre ella, Robin Hood se dirigía a sus hombres:

—Sabéis que cuando el malvado Guido de Gisborne me arrebató el castillo de Locksley en nombre del príncipe Juan, procuramos sacar de allí todo lo que pudimos. Sin embargo, había quedado una bolsa con todas las monedas con que me pagaron la venta de varias tierras, y nadie recordaba dónde se encontraba hasta que uno de los criados del castillo le contó a Will Scarlett que la había descubierto por casualidad, pero que no se atrevía a sacarla él mismo del castillo. Así que envié a Will Scarlett a rescatarla. Ayer era el día en que los campesinos pagaban sus tributos a Guido, ¡tributos arrancados a la fuerza, y aumentados en los últimos tiempos! Como en esos días bajan el puente levadizo y entran los campesinos cargados con sus tributos, era fácil que Will se ocultara y penetrara en la fortaleza. Una vez allí, todo era cuestión de habilidad. Si lograba que nadie le reconociera, el criado que había descubierto el tesoro se lo entregaría en secreto, y regresaría a nuestro campamento sin ningún contratiempo.

—¡Si me hubiérais enviado a mí, me hubiera gustado que me descubrieran —intervino Pequeño Juan—. ¡La de mamporros que les hubiera soltado!

Cuando se acallaron las risas, Robin continuó:

—Al amanecer me han dado la triste noticia. Resulta que Will llevó a cabo la operación tal como estaba previsto; cuando iba a salir tropezó con uno de los guardias que vigilaban el portón. Este le pidió que le dijera su nombre, pero reconoció su rostro.

—¿Entonces ha caído prisionero? —preguntó uno de los proscritos.

—Sí, hermanos y camaradas. Ha caído prisionero. Pero antes, y exponiendo su vida, echó a correr hacia el bosque y logró esconder la bolsa con el tesoro. Cuando los soldados de Guido le cogieron ya no la llevaba consigo.

—¿Y la bolsa? ¿Dónde ha ido a parar? —preguntaron varios.

—La bolsa está en el bosque, pero sólo Will sabe dónde se encuentra. Pero eso no nos preocupa ahora, amigos. Lo que nos preocupa es la vida de nuestro compañero.

—¡Hay que rescatarlo como sea! ¡Me ofrezco voluntario! —al decirlo, Pequeño Juan dio un paso al frente.

—¡Y yo!

—¡Y yo!

Todos los hombres de Robin Hood se ofrecían para participar en la empresa. Los ánimos se iban enardeciendo, y hasta el mismo hermano Jorge dijo: «¡Y yo!», y luego se extrañó de ese su primer gesto de valentía.

Robin Hood levantó las manos e impuso silencio:

—Mucho os lo agradezco, hermanos y compañeros. Me hacéis sentir orgulloso de vosotros. Pero rescatarle no es cuestión de número, sino de audacia. ¿Acaso podemos asaltar las torres del castillo? Tened confianza en vuestro jefe, y en la ayuda de Dios que nos protege. Ya tengo un plan preparado, y a cada uno le diré lo que tiene que hacer.

La asamblea de los proscritos se disolvió al punto, y, aunque muchos quedaron desilusionados, cada uno volvió a su trabajo habitual. Robin Hood se reunió con los mejores hombres y estuvieron largo tiempo preparando las cosas. Estaban sentados bajo el roble, y Robin, con una ramita, dibujaba en el suelo un plano del castillo de Locksley.

Aquella misma noche, mientras cenaban al aire libre, Robin se acercó al hermano Jorge:

—Hermano, os voy a encomendar vuestra primera misión. Como acabáis de llegar al campamento no será una misión peligrosa, ni os pido que arriesguéis la vida. Será algo muy distinto: vais a escribir la crónica del rescate de Will Scarlett.

—Pero... —dijo Jorge balbuceando— si aún no ha sido rescatado...

—¡Por la cruz de mi espada que lo será! Mañana partiremos antes del alba, pero tú te quedarás en el campamento y formarás parte de un grupo de centinelas. Cuando todo haya acabado, harás preguntas a todos los participantes, y con eso redactarás tu crónica. Te traeremos todo lo que necesites: tinta, pergaminos, pinturas... Vas a ser nuestro primer cronista.

El hermano agradeció el honor que se le confería, y vivió con ansiedad y con temor el día del rescate. Luego escribió una crónica, que decía así:

«Y entonces acaeció que el malvado conde Guido de Gisborne había apresado a Will Scarlett, y acusándole de formar parte de la cuadrilla de Robin Hood, le había torturado para que así les dijera dónde se encontraba su jefe. Pero Will, con buen ánimo y entereza, no abrió los labios ni dijo otra cosa sino que era leal al verdadero rey de Inglaterra, Ricardo. Entonces fue condenado a muerte, y el malvado conde dispuso que fuese ajusticiado delante del castillo de Locksley, cuando fuera el mediodía. Y mandó muchos heraldos a los distintos pueblos de su condado, para que todos sus vasallos se congregaran en dicho prado y fuesen testigos de la justicia de su señor. Y los dichos heraldos añadían que quien no acudiere a presenciar la ejecución perdería tierras y sería objeto de castigo, por no obedecer la orden del señor. Pero todos los que la presente leyeren podrán imaginar que los dichos vasallos habían sido antes dependientes de Robin Hood, porque sus tierras fueron usurpadas por el malvado conde Guido, y por ello sólo por la fuerza acudían a presenciar la ejecución. Y más de uno deseaba que en el momento fatídico en que el verdugo fuera a descargar el hacha sobre el cuello de Will, por algún milagro portentoso, el hacha se detuviera en el aire, o las flechas certeras de los hombres del bosque de Sherwood impidieran la ceremonia.

»Y he aquí que amaneció un día claro, amable, en que el verde de los prados era nuevo, como recién lavado, y en que el sol acariciaba los trigales y parecía cantar la vida nueva. Y los pajarillos trinaban, como si no comprendieran que se iba a cumplir tan gran injusticia.

»Y entonces, la multitud se fue congregando a las puertas del castillo. Y uno de los guerreros de Guido, acompañado por el maestresala, que había traicionado al buen Robin Hood, avanzaba entre la muchedumbre, y el maestresala señalaba a uno y a otro, y anotaba a quienes se habían presentado, para castigar a los ausentes. "Allí está Bartolomé Leckew, el leñador; allá, el campesino Pablo y sus hijos" y así a cada uno de los presentes. Había también alguna gente extraña: un viejo peregrino, que decía que llegaba de Tierra Santa, unos buhoneros que recorrían la comarca cantando canciones de gesta y traficando con baratijas, un mercader de ganado, algunos clérigos de camino hacia una abadía...

»Cuando todos estuvieron presentes en torno al lugar del patíbulo, porque hay que decir que se había erigido un catafalco cubierto de negros brocados, sobre el que todos podían ver el grueso tocón donde debía apoyarse la cabeza del condenado, y el hacha inmensa que debía elevar el verdugo, sonaron las trompetas de los heraldos.

»Arriba estaban los heraldos, dos a cada lado del balcón señorial de la torre del homenaje. Sonaron tres toques largos, profundos, que a la vez reclamaban atención y conmovían el ánimo. El populacho acalló sus griteríos y sus comentarios y miró hacia arriba. Al balcón señorial salieron el conde Guido y su padre. Sus trajes lanzaban destellos de oro, a la luz del sol de mediodía, y demostraban su poder sobre todos aquellos seres humildes concentrados bajo las torres.

»¡Amigos y vasallos! —les dijo el noble Guido—, el llamado Will Scarlett, vasallo de este mi señorío, ha sido condenado después de un juicio equitativo, y ha sido hallado culpable de muerte como enemigo de nuestro legítimo señor, el príncipe Juan.

»Pero no pudo continuar su arenga el conde Guido, porque la muchedumbre prorrumpió en un griterío al ver cómo, por el puente levadizo, que estaba abierto, entraba una fúnebre comitiva formada por muchos guerreros a caballo, cubiertos por brillantes armaduras y, tras ellos, un carro tirado por dos caballos, que formaba a manera de una jaula de madera, dentro de la cual, con las manos atadas, pero tieso y enhiesto, desafiando con dignidad la muerte que se le preparaba, estaba el valiente Will Scarlett.

»El conde esperó que se desarrollaran los acontecimientos. Los guerreros desataron al proscrito Scarlett, le hicieron bajar del carro y le subieron al patíbulo. Volvieron a sonar los clarines desde la torre del homenaje, volvió a hacerse el silencio y Guido, dirigiéndose a todos, continuó:

»Ese es el culpable, y quiero que su muerte sirva de escarmiento a cuantos, unidos al miserable y proscrito Robin Hood, combaten contra nuestro verdadero soberano.

»¡—Bellaco, felón, embustero!, —le gritó Will Scarlett desde su patíbulo—. «¡Soy un leal servidor del único rey de Inglaterra, Ricardo Corazón de León, y los hombres de Robin Hood luchamos contra los miserables señores que, aprovechándose de su ausencia, explotan a los campesinos!»

»Hubo un rumor como de aprobación a las palabras del condenado y por eso, para evitar que aquello pudiera convertirse en una rebelión, el conde agitó al aire un pañuelo blanco, y los clarines volvieron a sonar. Entonces, al eco de las trompetas, sonaron los tambores de los mozos que se habían colocado en torno al patíbulo, ataviados con las armas ducales. Todo el mundo miró hacia el puente porque, según las costumbres de las ejecuciones de esta época, al sonar ese ritmo que anuncia la muerte debía aparecer el verdugo del condado, con su negra capucha y su sayal negro.

»Y, sin embargo, el verdugo no apareció. Los guerreros que vigilaban, entre el gentío, se pusieron nerviosos; el conde, allá arriba, cuchicheaba con su padre, y a falta de otra cosa, los clarines volvieron a sonar. Pero pronto, los asistentes se dieron cuenta de que algo fallaba en los preparativos, y los rumores fueron aumentando de tono. Se oyó el grito enojado del conde: «¡Que lo busquen!» y, después de otros momentos de desconcierto, hasta los mismos guerreros miraron hacia arriba, porque vieron aparecer en el balcón de la torre del homenaje a Worman, el adalid de las tropas del conde, vestido de brillante armadura. El vozarrón de Worman llegó hasta la masa amontonada, que ya comprendía que el espectáculo no iba a ser tan lucido como el conde Guido había imaginado:

»—Señoría, hemos encontrado al verdugo, pero está totalmente borracho. No puede tenerse en pie. ¿Qué hacemos?»

»Y entonces, el condenado Will, mirando hacia Guido y su padre, les dijo:

»—Señor, no soy un bandido ni un asesino. Si no encontráis un verdugo, os propongo que me dejéis morir peleando. Dadme una espada y que se acerquen a mí todos vuestros hombres. Conseguiréis que muera, pero como un hombre, no como un becerro.»

»Y el conde, enojado, le contestó:

»—Morirás ejecutado, como dice la sentencia. Pero, a falta de verdugo, pregunto a todos los presentes: ¿Quién quiere ejecutar al proscrito? Hubo un silencio, muchos cuchicheos, pero nadie se ofreció de voluntario. Y el conde replicó: «Le ofrezco cien doblones de oro». Nadie contestaba. Los guerreros forzaban a los campesinos a presentarse, pero éstos bajaban humildemente la cabeza. Worman, el lugarteniente del conde, había acudido ya al patíbulo, y sacó la daga, dispuesta a clavarla en el corazón del noble Will, ante la indecisión del conde, cuando entre la muchedumbre se alzó la mano y el cayado del viejo peregrino, quien, con voz lenta, pero firme, gritó:

»—Si su señoría me lo permite, yo me ofrezco como verdugo. He purificado mis pecados en Tierra Santa y, aunque anciano, debo colaborar en que se cumpla la justicia. Guiadme hacia el patíbulo.

»La solución era muy extraña, pero el conde quería acabar

cuanto antes, y varios de los heraldos que, con sus tambores, estaban en torno al patíbulo, le llevaron de la mano y le subieron. El anciano vestía hábito pardo, atado con una cuerda, y cubría la cabeza con una capucha. Pidió a los heraldos que le dejaran solo, una vez les demostró que podía levantar el hacha y sostenerla vigorosamente sobre su cabeza. Volvió a sonar el toque de clarines, repicaron los tambores, y el anciano murmuró unas palabras al oído del condenado. Los asistentes pensaron que estaría encomendando su alma a Dios, y más de uno sintió no tener más coraje en aquel momento, para rebelarse contra aquella injusticia y liberar al condenado. Claro que los jinetes del conde, vueltos de espalda al patíbulo, miraban fijamente a la muchedumbre, la mano en el puño de la espada, dispuestos a acabar con los asistentes que no disfrutaran con el espectáculo.

»Allí teníamos al pobre Will Scarlett, arrodillado, con la cabeza sobre el tajo. El anciano, encapuchado, levanta en alto el hacha del sacrificio, y en ese momento, haciéndola girar en el aire con una fuerza sobrehumana la lanza, en dirección contraria, sobre Worman. El ruido del arma al golpear el yelmo del lugarteniente impresionó a los asistentes, pero mucho más lo hizo el gesto del anciano peregrino que, quitándose la caperuza del sayal y abriendo el hábito, mostró su atuendo de jubón y medias verdes, y su rostro joven: ¡era el proscrito Robin Hood! Los soldados, acorazados en sus caballos, que intentaron intervenir, quedaron sujetos por otros valientes proscritos que se habían mezclado entre la muchedumbre y que ahora, eliminado el disfraz, mostraban a las claras quiénes eran.

»Uno de los proscritos pasó a su jefe Robin un arco, el arco preferido del valiente luchador. Robin elevó la mirada hacia el conde Guido y su anciano padre; ambos estaban asustados, aterrorizados, pero dispuestos a actuar. El conde Guido levantó la mano, pero en ese mismo momento Robin, apuntando la flecha, tensó su arco de tejo, la disparó y ésta se clavó en la mano del conde, allá arriba, en la torre del homenaje. El joven lanzó un grito de dolor, pero el pueblo, que presenciaba el espectáculo, comenzó a reír a grandes carcajadas. Parecía un payaso, dando saltitos en el escenario.

»No podían los hombres de Robin confiar demasiado en su sorpresa, porque cuando Worman se repuso del tremendo golpe que había recibido comenzó a dar órdenes y a hacer que los soldados, impresionados por la sorpresa, comenzaran a moverse. Hay que decir que el pueblo, corriendo de un lado a otro, como atontados, impidió que los enormes caballos y sus pesados jinetes pudieran emprender la captura. Y cuando los soldados de Worman —y de Guido— pudieron lanzarse a la persecución, todos los proscritos habían huído. Todos, y también, naturalmente, Will Scarlett. Y así acaba la crónica, escrita por el hermano Jorge Espresseth, en el año del señor...»

—¡Magnífico, hermano, magnífico! —dijo Robin Hood. Estaba junto con Will Scarlett y Pequeño Juan, en la cueva donde vivía el monje, y acababa de leer el pergamino.

—Pero has olvidado una cosa, muchacho —añadió Pequeño Juan—. No has escrito que, cuando uno de los jinetes intentó abalanzarse contra Robin y Scarlett, yo me puse delante del soldado, agarre las patas delanteras del caballo, y ¡plaf!, le hice caer hacia atrás.

Todos rieron ante la anécdota que, sin embargo, había sido cierta. El hermano Jorge dijo, suavemente:

—Pero si lo contara, ¿crees que alguien me creería? Prefiero ocultarlo, y hacer que la historia sea más verídica. Y ahora, Will, ¿sabes qué ocurrió con aquella bolsa con monedas... o tesoros, que fue la causa de toda la desgracia?

—Pues eso tampoco consta en tu historia, es verdad —Will parecía ya totalmente repuesto de su cautiverio y de su peligro de muerte—. Recordarás que partí a la aventura con Much, y que él se había quedado esperándome a la entrada del bosque. Cuando tuve que salir huyendo del castillo, ante todo pensaba en salvar el tesoro, porque de él dependía que Robin pudiera continuar ayudando al pueblo. Pero, claro está, también me interesaba salvar mi pellejo. Por eso ni siquiera recordé que Much me estaba esperando. Yo entré en el bosque y, como mis perseguidores se acercaban, lancé la bolsa a un tronco hueco, pensando que algún día podría recordar el sitio del escondite. Entonces, me apresaron. Fue todo tan rápido que no se me ocurrió mirar hacia arriba.

—¿Hacia arriba? No os entiendo —decía el hermano, mientras Robin y Pequeño Juan reían a carcajadas.

—Sí, hacia arriba. Porque Much, ante el giro que tomaban los acontecimientos, trepó a un árbol, ¡al mismo lado del que yo utilicé como escondite! Lo demás ya lo imaginas: recogió la bolsa y llegó hasta este bosque de Sherwood para avisar a mis hermanos.

—¡Loado sea Dios! —dijo el hermano Jorge— ¡Ojalá podamos seguir luchando por la justicia!

Robin Hood, por un momento, perdió su buen humor y dijo a los presentes, con aspecto triste y cansado:

—Pero las fuerzas del mal seguirán acechándonos. Y nada me extrañaría que Guido, preparara una partida contra nosotros...

III

LA SORPRESA DE GUIDO

Guido de Gisborne paseaba, nervioso, por una de las salas del castillo. Roberto Fitzooth tenía, aproximadamente, su misma edad; los dos eran nobles; los dos podían disfrutar de una buena vida, llena de emociones, de placeres, de comodidad. Los dos podían haber sido buenos amigos. ¿Por qué, sin embargo, el maldito normando representaba ese papel de redentor de los oprimidos? ¿Por qué vivía como un campesino y dirigía un ejército de arqueros miserables?

—¡Hasta que el rey Ricardo regrese! ¡Ja, ja, ja!

Guido se sobresaltó. Pero las palabras las había pronunciado su anciano padre, Herberto, que acababa de entrar en la sala:

—¿Qué os parece, querido hijo?

Guido no contestó. La cosa no era tan fácil. Intentó poner en orden sus pensamientos, y luego, lentamente, dijo a su padre:

—Sois un hombre chapado a la antigua, señor. No acabáis de entender el problema que representa Robin Hood.

—¿Robin Hood? ¡Un bellaco, un bandolero vulgar, un criminal!

—No, padre, no. El problema es que Robin, o Roberto Fitzooth, no es un hombre vulgar, sino un noble. ¿No comprendéis? Un noble que se mezcla con el pueblo, y que vive como el mismo pueblo, ¿qué es lo que demuestra?

Herberto se mesó la barba blanca, sin comprender. ¡Estos jóvenes eran, a veces, demasiado listos!

—Demuestra... que está loco.

—¡No, padre, no! Demuestra que... que nosotros no somos necesarios como clase dirigente.

—¿Cómo? ¿Qué dices?

—Fijaos bien. La Iglesia nos dice que una sociedad bien organizada, necesita de tres pilares: los guerreros, que defienden a todos; los clérigos, que rezan por todos, y el pueblo, que trabaja y alimenta a todos.

—Naturalmente. ¿Cómo podría ser de otra manera?

—¡Ahí está el problema! Robin Hood demuestra que no hacen falta guerreros. ¡El propio pueblo se defiende!

Herberto alzó la cara con una expresión de asombro:

—¡Pues es verdad! ¡No lo había pensado!

—Dejadme, pues, seguir mi razonamiento. Si lo que os digo os convence, Robin Hood no sólo es el enemigo de los nobles que tienen que soportar sus burlas y sus ataques, ¡sino de todos los nobles! Y aún más, ¡de toda esta sociedad!

Se hizo un silencio en la espaciosa estancia. Herberto apoyó la mano en el alféizar, miró por la estrecha ventana hacia el bosque lejano, y con voz pausada y terrible añadió:

—Y un enemigo de todos, tiene que ser eliminado.

Aquella noche el conde Guido apenas cenó. No le hicieron gracia los juegos de su juglar, Armengarius, porque se encontraba lejos de todo, dominado por un noble ideal: él, Guido de Gisborne, iba a emprender una gran empresa: salvar a toda la sociedad inglesa de un enemigo total, de alguien que quería cambiar el curso de la historia.

Dio orden a Armengarius de que avisara al lugarteniente Worman, y a punto estuvo de dar un puntapié al juglar en la barriga cuando éste, insolente, le dijo:

—Lo que más le molesta, mi señor, es que el alegre y juguetón Robincito de los bosques le haya puesto en ridículo delante de sus siervos. ¡Aquel flechazo fue como una agujilla que os hiciera cosquillas!

Y añadió, cuando estaba ya lejos de su señor:

—Y una muchachilla sana, lozana, manzana, que se llama Mariana, y que no os tiene gana. ¡Ja, ja, ja!

Era ya de noche cuando se reunió con Worman. Este, guerrero corpulento, con el rostro curtido de batallas y de golpes, era un perfecto animal. Ni pizca de inteligencia. Pero —pensó Guido— sirve perfectamente para mis planes. Seré yo quien piense. El será mi brazo armado. El me servirá la fama en bandeja.

Y entonces recordó las palabras del juglar. Sí, había que reconocerlo. El juglar tenía algo de razón. Robin era ya un reto personal, una mala conciencia. Y Mariana debía ser para él. No podía tolerar que se marchara al bosque con... con un proscrito.

—¿Decíais, señor?

—Sí, mi buen Worman. Hay que planear una operación militar

"... Robin Hood, valiente y justiciero, luchará contra caciques, descubrirá las tramas de los traidores. Y con sus fieles amigos salvará situaciones en que la vida se valora muy poco frente a los valores del heroísmo". (pág. 7)

que acabe, de una vez por todas, con los hombres del rebelde. Y para eso hay que valerse de sus propios trucos.

—¿De sus propios trucos, mi señor?

—Sí, Worman. En el bosque de Sherwood de nada sirven las pesadas armaduras, ni se puede dar batalla en un terreno que el enemigo domina. Hay que valerse de la astucia.

Para Worman era como si hablaran del preboste de Trevisonda. ¡La astucia! ¿Qué sería eso? Pero él obedecería, y su señor se encargaría de lo demás.

—Primero hay que conseguir llegar a su campamento. ¿Se os ocurre alguna manera?

—Pues... no, señor. Varias veces lo hemos intentado antes y...

—¡Callad! ¡No traigáis malos recuerdos! Hay que pensar mucho... y bien. Los proscritos no hablarán, aunque se les torture, de forma que... alguien, que sea astuto e inteligente... deberá hacerse pasar por un campesino, ir a un pueblo de los alrededores y esperar que algún proscrito aparezca. Luego es cuestión de seguirlo y...

Dio un manotazo en la mesa, se puso en pie y, con ojos encendidos, preguntó a Worman:

—¿Dónde estará ese valiente, que a la vez sea astuto e inteligente, que sepa esconderse en el bosque y captar los rumores del viento?

Worman se quedó cabizbajo. No encontraba entre sus guerreros a nadie con esas características. Solo una persona podría hacer ese papel:

—Señor...

—¡No sigáis! ¡Lo he adivinado! ¡El único que puede rastrear a Robin soy yo! Porque, además de mi talento y mi destreza, dispongo de un arma sutil y poderosa: mi terrible odio.

....

Durante dos meses la paz pareció caer sobre el campamento de los proscritos. El grupo se había engrosado, y unas cien personas prestaban sus servicios como centinelas, como arqueros o como actores de las pequeñas comedias, en las que asaltaban a clérigos asustados, recaudadores de impuestos o gordos mercaderes. Luego estaba el diario trabajo de ayudar a tantos infelices, esquilmados por los nobles, que pedían ayuda, y la recibían.

Pero todo eso era rutina. Robin Hood estaba inquieto de la falta de aventuras, y así lo dijo una noche a su lugarteniente Will:

—¡Pensar que nosotros no hacemos más que juegos de niños y hay tantos males que remediar! Además, el arco que no se tensa se queda tieso. ¡Hay que encontrar una buena diversión para los hombres!

—¿Qué os parece si asaltamos el castillo del conde Guido?

—No. No podríamos hacerlo. Si acaso, valiéndonos de la astucia, podríamos penetrar en él, pero... ¿Y luego? Y, además, dicen que el conde Guido ha partido a Francia. No me parece caballeresco medirme con su anciano padre.

Sí, esa había sido la versión oficial. Guido se había ido a Francia, donde los Gisborne también tenían tierras y castillos. Pero la verdad es que Guido se encontraba a pocos kilómetros de su enemigo.

Había salido del castillo, vestido de campesino, y había logrado un empleo en la aldea vecina, en el taller de un zapatero al que había explicado que, aunque era hijo de nobles —no podía ocultar sus manos finas—, las deudas de su padre le habían hecho perder toda la herencia. Guido sabía que todos sospecharían de él, y por eso estuvo dos meses sin abrir la boca, compartiendo las miserias de los artesanos, durmiendo en el duro suelo, pasando frío, comiendo poco e, incluso, a veces, recibiendo algunos palos ¡de sus propios soldados! que acudían al pueblo, borrachos, en busca de diversión.

En esos dos meses sólo latía en él un sentimiento: venganza. Y un deseo: la fama. Todos los otros nobles eran unos ineptos, unos anticuados. El sabía las costumbres de la época y lograría lo que nadie había logrado: acabar con Robin Hood. Una vez por semana se acercaba a una ermita abandonaba, en las afueras del pueblo, y detrás de una tabla religiosa dejaba un mensaje que recogía, a las pocas horas, un hombre de confianza de su padre Herberto, disfrazado de monje.

Tanto en la zapatería, como en el mesón del pueblo, había oído hablar de Robin Hood. Al principio —él era, pese a todo, un extraño— no hablaban ante él; luego fue participando en la charla general. El pueblo soñaba en él, rezaba por él, esperaba en él. ¡Era insoportable! ¡Si esto siguiera en aumento, pronto nadie pagaría ni una moneda a sus legítimos señores!

Hasta que un día, uno de los clientes de la zapatería, hablando a solas con el maestro, dejó escapar algunas palabras que al aprendiz Guido demostraron que ése era uno de los proscritos. Simuló no atender a la conversación, pero se dispuso a seguir a aquel hombre con el mayor disimulo, porque, sin ninguna duda, cargado de tantos borceguíes, debía dirigirse al campamento que tantas veces había soñado.

Y, sigilosamente, fue siguiendo la carreta del proscrito que, no sospechando nada, se adentraba en el bosque de Sherwood cantando alegremente y dando latigazos a los bueyes que tiraban del carro.

Guido fue dibujando mentalmente el camino: no se le escaparía ni un detalle. Eran muchos meses de ansia y de deseo para poder olvidar. Y cuando se ponía el sol, después de sortear marjales, aguas pantanosas, después de perderse por intrincados laberintos de fresnos, hayas y olmos, la carreta del proscrito vadeó un riachuelo, ascendió a una pequeña loma y desde allí, ¡oh, prodigio!, se dominaba el claro del bosque donde Robin Hood había asentado el campamento. Guido se escondió detrás de unos zarzales, contuvo la respiración y, al comprobar que nadie le espiaba ni había sospechado de su presencia, recorrió con la mirada el campamento.

Como estaba poniéndose el sol, allá abajo preparaban una enorme marmita. Las llamas crepitaban y varios hombres se afanaban a su alrededor. Vio llegar un grupo de proscritos, con su uniforme color verde, jubón y medias, y sus botas de cuero, cargados de dos ciervos del parque del rey. Y junto al roble venerable, un blanco donde ejercitaba el tiro al arco ¡nada menos que su enemigo, el temido Robin Hood!

El corazón le dio un salto. Sin haber reparado en peligros, se había abalanzado para clavar la pequeña daga que siempre llevaba consigo en el corazón del traidor. Pero reparó que tal vez no pudiera recorrer la distancia que le separaba de él sin caer víctima de las flechas. Y mordiéndose los labios, emprendió cuidadosamente el camino de regreso, siguiendo las huellas dejadas en el barro del camino por la carreta y procurando recordar de memoria todos los accidentes del complicado sendero. «Quien ríe el último, ríe mejor.»

. . . .

Al llegar al castillo de su padre, el vigía de la torre no quiso dejarle entrar, tan bien caracterizado estaba. Tuvo que mostrar el anillo condal, que le colgaba del cuello, para que bajara el pesado puente levadizo. Después de un buen baño y de cambiarse de ropas, acudió a las estancias de su padre Herberto, con el corazón repleto de emoción y de deseos de venganza.

—¡Lo he conseguido, padre, lo he conseguido! Me ha costado varios meses, pero ya tengo el plano del camino que conduce a la guarida de ese desalmado.

—¿Y dónde tienes ese plano maravilloso, hijo mío?

—Donde nadie podrá robármelo, padre. Aquí —y con el dedo índice señaló su cabeza—. ¡Ahora o nunca! Tienes que poner a mi disposición todos los hombres de que dispongas, padre. Saldremos mañana, al atardecer, pero hay que decirles que se trata de otra cosa. ¿Qué se te ocurre?

—Podemos decir que vamos al monasterio de Montcaduceus para cumplir una promesa y que todos esos hombres deben servir de escolta, e ir cada uno llevando un cirio. ¿Qué os parece?

—No está mal la idea. Como el monasterio queda al otro lado del bosque de Sherwood, si Robin tiene espías entre nuestros vasallos no se alarmará. Cuando hayamos recorrido un buen trecho, atajaremos y volveremos al camino real en pequeños grupos. Luego, al caer el sol, nos reuniremos y emprenderemos el ataque. ¡Padre, esta vez caerá en nuestras manos!

—Y colgará su cuerpo, como una bandera, de esa torre —señaló la torre del homenaje que remataba su castillo.

—¡Así lo quiera Dios! Y brindemos con un trago de este mosto excelente, para desearnos suerte. Por ti y por mí, querido padre.

Al día siguiente, los siervos de Herberto y de Guido se enteraron de que el anciano señor se disponía a cumplir una promesa y que saldría en peregrinación al monasterio de Montcaduceus. Le acompañarían cien servidores, campesinos y soldados, escogidos entre los mozos más aguerridos, cada uno de los cuales portaría un cirio. Nadie recordaba ninguna promesa hecha por ningún motivo especial, pero el anciano señor chocheaba en ocasiones, y, de todos modos, mejor era que le diera por ir a las iglesias que por esquilmar al pueblo.

Guido de Gisborne quedó en el castillo, y desde la torre del homenaje despidió a la comitiva, pidiendo a Herberto que rogara al Señor por él. Luego, paladeando la venganza, cambió sus ropas por un sencillo jubón de sayal, se armó de daga, arco y carcaj, y por un pasadizo secreto salió del castillo. Caminó a paso firme por la espesura del bosque hasta encontrar el recodo en que el camino real se estrechaba, que era el lugar indicado a Worman para encontrarse con lo soldados.

Durante varias horas no hizo otra cosa que preparar sus planes, meditar en la estrategia que seguiría y acechar todo sonido que le llegara. No, nadie le había seguido. Si Worman cumplía al pie de la letra las órdenes recibidas, a la puesta del sol comenzarían a llegar los hombres, en pequeños grupos. El los iría recibiendo y los ocultaría en el bosque, hasta tener el grueso de la tropa y avanzar hacia el campamento.

Y así fue. Aunque un observador avezado hubiera notado algo raro en aquella procesión de pequeños grupos de campesinos, todos fueron llegando, y hasta se presentó un extraño ermitaño, gordo, enorme, con quien Guido no había contado. Cuando el conde fue a besarle la mano, éste se bajó la capucha, y resultó que el religioso era nada menos que Worman. ¡Perfecto disfraz!

—Ya veis, mi señor, que no soy tan torpe como pensáis. ¿No os parece?

—Perfecto, Worman, perfecto. Pero dejémonos de bromas, que ahora se trata de calcular todo y no perder la oportunidad. Quiero que comprobéis que todo los hombres están bien armados y conocen nuestros planes.

Worman fue recorriendo el bosque, hablando con los soldados, a quienes recordó, sobre todo, que se trataba de una ocasión única, porque si prendían al maldito Robin Hood, el conde les daría a cada uno una parcela de tierra en propiedad, además de unos buenos doblones de oro. Si, por el contrario, fracasaban, perderían la lengua.

Cuando ya caía el sol, y el bosque se vestía de oro, cuando los árboles enhiestos envolvían en penumbra y en misterio la maleza, Guido los reunió a todos en un claro. Volvió a reiterar los consejos de Worman y les explicó el plan:

—Se trata de avanzar sigilosamente, en grupos reducidos. Yo iré a la cabeza y Worman quedará en la retaguardia, dando la orden de salida a cada una de las patrullas. Cuando estemos al borde del mismo campamento, os iré indicando dónde debéis situaros. Entonces, y a mi señal, los arqueros dispararán sus flechas contra los proscritos, al unísono, y en ese mismo momento los demás irrumpiréis en el campamento con las dagas, ¡y no se trata de hacer prisioneros! Sólo quiero vivo a Robin Hood. Los demás son perros sarnosos que no merecen ni siquiera el espectáculo de una ejecución.

Los hombres, de veinte a treinta años, bastante asustados tanto por la expedición como por el castigo que les esperaba si no triunfaban, se miraron entre sí, pero no se atrevieron a contradecir al conde.

—Y ahora, una advertencia. Si en el camino encontrárais algún centinela, o algún proscrito, ¡matadle! No tenemos otra solución. Tened en cuenta que se trata de vuestra vida o de la suya. Y aunque quisiérais escapar, aprovechando la escasa luz del atardecer, allá en el pueblo están vuestras madres, vuestras esposas, vuestros hijos. Si os escapárais, firmaríais también su sentencia de muerte.

Y en silencio se inició la marcha bosque adentro. Los grupos de dos o tres avanzaban, dejando cierta distancia con el grupo que les seguía. O estaban sordos y ciegos, o los hombres del bosque de Sherwood no se habían enterado de su presencia.

Con la primera patrulla avanzó el conde Guido. Iba siguiendo el mapa mental que se trazara en aquella ocasión, y su alegría fue inmensa al vadear el riachuelo, ascender la pequeña loma y divisar de nuevo el campamento. Porque lo que podía contemplar era inusitado: bajo el inmenso roble se había encendido un fuego y, en torno a él, los proscritos, sentados, comían o bien charlaban. No podía decirlo, porque un humo muy espeso —¿habrían encendido la hoguera con leña verde?— impedía distinguir bien a los hombres. Pero no había duda alguna. Allí estaban, ajenos al destino que les esperaba.

—¡Rápido, rápido, ocultaos aquí! —iba acomodando a cada nueva patrulla que llegaba; ¡tardaron más de una hora en reunirse los cien hombres de la partida! Guido se impacientaba, se ponía nervioso, apretaba los puños: ¡Pensar que tal vez dentro de un minuto, dentro de dos, los proscritos acaben su cena o su reunión y se dispersen! ¡Pensar que estamos tan cerca de la victoria!

Cuando sólo faltaba la última patrulla, junto con Worman, que había abandonado ya su disfraz de fraile, distinguió que alguien se levantaba, entre los proscritos, y se dirigía a los reunidos: ¡era Robin Hood! El humo no permitía distinguir su rostro, pero las palabras eran suyas. Así les hablaba:

—¡Compañeros y amigos! Hoy no habéis ejercido vuestros turnos de vigilancia en el bosque, porque es difícil que nadie pueda aproximarse sin que oigamos sus pasos o el trote de su caballo. Pero no estoy seguro de que este sistema pueda mantenerse. Comprendo que hoy era un día en que todos debíais trabajar y preparar la expedición, y no podíamos perder ni un solo hombre inútil, vigilando los senderos...

A cada nueva frase de Robin aumentaba la alegría, el deseo de venganza y el placer de la victoria segura en el corazón del conde Guido. ¡Había elegido el mejor día de todos, sin darse cuenta!

Worman se le acercó y susurró al oído:

—Estamos todos dispuestos, conde. ¿Comienzo a distribuir los hombres?

—¡Sin perder un segundo! Y recuerda bien: irán en parejas, un arquero y un hombre con daga. Cuando hayáis rodeado todo el claro del bosque, y me lleguen los primeros hombres que has enviado, sonare éste silbato de caña, y a esa señal caerá la lluvia de flechas sobre los proscritos. Inmediatamente, ataque general. Pero recuerdo a todos que a Robin Hood lo quiero vivo, vivo, sólo para mí.

Su mirada estaba inundada de rabia, pero Worman no hizo más que obedecer las órdenes. Guido, por un momento, se sintió orgulloso de sus hombres. Habían ejecutado a la perfección la maniobra envolvente. Le gustaría estar orgulloso de ellos, sentirse un Julio César al frente de sus legionarios. La verdad era otra: obedecían por miedo al castigo, y si no habían despertado sospechas no era por ser soldados valerosos, sino por ser campesinos que conocían bien el bosque y sabían deslizarse por el como alimañas.

Ya era de noche. La luna brillaba en el cielo; los hombres de Robin seguían en torno a la hoguera. Ahora les hablaba del deber de todo buen caballero, y volvía a esa estúpida cantilena del rey Ricardo que un día regresaría de las Cruzadas. El humo seguía siendo espeso: era el único defecto del momento.

Una sombra se deslizó a su lado: era un hombre de la primera patrulla, que ya había rodeado todo el claro del bosque:

—¡Aquí estamos, señor conde!

—¡Muy bien, muchachos! ¡Dispuestos a actuar!

El arquero sacó una flecha del carcaj, tensó la cuerda del arco y colocó la flecha, apuntándola hacia la hoguera del fondo. El otro hombre sacó la daga del cinto. Entonces, sintiéndose un gran general a punto de emprender su gran batalla, Guido sacó del bolsillo del jubón una rústica flauta de caña e hizó sonar lo que parecía el canto de un pajarillo.

Entonces se produjo un gran estrépito. Casi simultáneamente llovieron las flechas hacia los proscritos de la hoguera y salieron disparados los hombres del conde, que cayeron como una exhalación sobre los proscritos. Fue la acción tan rápida que éstos no tuvieron tiempo ni de ponerse en pie. El propio Guido, esquivando a sus propios hombres, echó a correr hacia la figura de Robin Hood, aunque esto pudiera suponer una pelea cara a cara.

—¡No! ¡Traición! ¡Traición! ¡Traición! —el conde no podía balbucear otras palabras. Porque él y sus hombres habían caído no sobre los valientes amigos de Robin Hood, sino sobre unos muñecos, unos espantapájaros vulgares, vestidos con las ropas y los sombreros de los auténticos proscritos. Habían caído en una trampa. Y lo malo era que los arqueros, creyendo el éxito tan seguro, habían echado a correr también hacia la hoguera, y allí se encontraban todos, entre el humo y la vergüenza.

Pero no tuvieron que tomar ninguna decisión. Porque en ese preciso momento oyeron las carcajadas de los auténticos valientes, que, escondidos también en el bosque, ahora les hacían víctima de la misma operación que se había planeado contra ellos.

Primero, las flechas. Aunque no disparaban a matar, sino a formar una línea, en el suelo, indicando sus poderes. Luego, el avance de los hombres vestidos de verde, con los arcos enhiestos, apuntando a los soldados del conde. Y en el centro, Robin Hood.

Al verlo, Guido se lanzó hacia él, pero éste le disparó una flecha que clavó su borceguí en el suelo. Guido aulló de dolor, cayó al suelo, y tuvo que soportar las palabras de Robin Hood, quien, sonriente y con toda elegancia, le dijo:

—Lamento, señor conde, haber tenido que acudir a este procedimiento que va contra mis convicciones. Pero no os preocupéis: el hermano Jorge os extraerá la flecha y os vendará el pie. Por lo demás, os aconsejo que la próxima vez no os fiéis de este bosque de Sherwood. Hasta la ardilla más pequeña que entra en él, desde el camino real, sabe que tenemos oídos en cada árbol.

Junto a Robin Hood estaba su estado mayor: Scarlett, Pequeño Juan, Much y el hermano Jorge. El corpulento Juan avanzó hacia el conde, le puso la mano en la barbilla, y preguntó a su jefe:

—Me parece que deberíamos quedarnos a este jovencito de prisionero. No le vendría mal trabajar un poco y hacerse hombre de una vez.

Y soltó una carcajada. Mientras tanto, los hombres de Robin ya habían reunido a sus asaltantes, quienes, asustados y desconcertados, estaban más muertos que vivos. Robin Hood se dirigió a ellos:

—No os asustéis, buenos hombres, porque sabemos que si habéis venido a luchar contra nosotros no ha sido por vuestra propia voluntad. Además, voy a hacer justicia siguiendo las propias instrucciones de Guido.

Este, que seguía aún en el suelo, dolorido y ardiendo de indignación, le gritó:

—¡Miserable! ¡Tú hablas de justicia! ¡Tú, que eres un enemigo público!

Pequeño Juan le tapó la boca con su mano:

—¡Amiguito, si sigues así me iré a buscar un buen látigo y te haremos bailar! Así que, por tu bien, te aconsejo que cierres el pico.

Robin Hood, con aire de juez, continuó:

—Desde que fuiste a vivir al pueblo, como aprendiz de zapatero, te hemos seguido los pasos. Te pusimos una trampa y has caído en ella, creyendo que los engañados éramos nosotros. Pues bien. Tú le dijiste a tus hombres, cuando los reuniste a todos a la entrada del bosque...

—¿Pero cómo puedes saberlo? —preguntó Guido.

—¡Los espías, amigo mío! ¡Nuestros vigías, que parecen ardillas en los árboles! Tú dijiste a tus hombres, te recuerdo, que si atacaban y derrotaban a los proscritos les darías una parcela y unos cuantos doblones. A mí me parece —y titubeó un rato— que lo han hecho. Han atacado y han vencido. Claro, que los hombres no eran de carne, sino de paja. Pero han cumplido su misión. Y el conde Guido, en agradecimiento, les va a dar lo prometido.

—¡Villano! ¡No lo conseguirás! —le increpó Guido.

—¡Cierra el pico, muchacho! —y Pequeño Juan le propinó un golpe en la boca.

—Sí que lo conseguiré, señor conde. Y perdón por los malos modales de mi ayudante. El hermano Jorge os traerá pergamino, tinta y pluma, e incluso lacre para que estampéis vuestro sello ducal. Vais a dar posesión de sus tierras a esos hombres, y a concederles... digamos cien doblones a cada uno.

—¿Y cómo vais a fiaros de mí?

Robin Hood lanzó una sonora carcajada:

—¿Fiarme yo? ¡En absoluto! Aquí quedaréis prisionero en garantía de vuestra firma, hasta que mis hombres averigüen que vuestro padre ha cumplido vuestra palabra. ¡Hermano, dispuesto para la redacción!

Y así fue como, a medianoche, los hombres de Robin Hood salieron del bosque, perseguidos por las flechas, pero con un documento en las manos que tal vez les diera tierras y dineros. A Worman se le había excluido de las donaciones, ¡naturalmente! Y el conde Guido quedó prisionero en el bosque de Sherwood.

IV

MARIANA, LA DONCELLA DE SHERWOOD

La vida en el campamento de los proscritos tenía momentos de gran tensión y momentos de aburrimiento. Robin Hood no soportaba la monotonía, y procuraba organizar patrullas que asaltaban a los caminantes cargados de doblones. Tenía la costumbre de invitar a cenar a estos personajes, y luego exigirles que les pagaran la cena, dejando hasta la última moneda de sus bolsas o de sus arcas. Siempre resultaba divertido comprobar cómo los hombres se rebajaban por miedo a perder los tesoros. Luego salían del bosque de Sherwood, con los ojos vendados, y contentos de haber salvado la vida, aunque no la hacienda.

El hermano Jorge continuaba redactando sus minuciosas crónicas, decía misa por las mañanas y se ocupaba de los enfermos o de los heridos en alguna de las incursiones de las tropas.

Una tarde en que, como de costumbre, los hombres se entrenaban en el tiro al arco y en la esgrima, y Robin Hood recorría el campamento acompañado de Will Scarlett y de Pequeño Juan, éste dijo a su jefe:

—Mi querido Robin. Por todo el afecto que os profeso me vais a permitir que os diga lo que pienso: estáis preocupado.

Robin Hood se detuvo.

—¿Preocupado? Sí, claro. Ser el símbolo de la lucha de todos contra la injusticia, mantenerme oculto...

Pequeño Juan le interrumpió con una carcajada:

—¡No, hermano, no! De esas preocupaciones no hablo. Me refiero a otros problemas que son sólo vuestros. ¿Está claro?

Robin hizo esfuerzos para no ruborizarse. Su silencio dio pie para que interviniera Scarlett:

—Juan y yo lo hemos comentado varias veces. Recuerdo aquellos días en que Mariana, vuestra esposa ante Dios, estuvo con nosotros en el campamento. Parecías un hombre feliz, ¿qué digo?, el hombre más feliz del mundo. Luego partió...

Robin Hood le interrumpió con aspereza:

—¡No podía hacerme cargo de su seguridad, si mi cabeza y la de todos tiene precio!

—¡No os irritéis, señor, no os irritéis! —ahora, Juan intentaba explicarse—. Entonces, todos aceptamos vuestras explicaciones. Sí, todo era muy lógico. Esta vida ruda de bandoleros no es lo más adecuado para una dama, ¡aunque Mariana sea tan diestra en el arco y en la espada como uno de nuestros mejores hombres! Pero se trata... se trata de que vos no sois el mismo, y la necesitáis.

—¿Tan seguros estáis?

—¡Si es vuestro corazón el que habla por vuestros ojos! —le dijo Scarlett.

—Es difícil aclarar mis ideas. Si he empuñado las armas respondiendo a la protesta airada del pueblo contra sus opresores, que mantienen a nuestros hermanos desarmados en el oprobio y la miseria, si esta empresa nuestra es algo sagrado, ¿tengo derecho yo a poner mis deseos antes que las necesidades del pueblo?

Se hizo un silencio, mientras los tres hombres continuaban su paseo. Pequeño Juan no acababa de entender las palabras tan complicadas que decía su señor, pero intervino, de todos modos:

—No lo comprendo todo, pero mi cerebro me dice que hay algo claro. Robin Hood necesita a Mariana, y casi juraría que Mariana necesita a Robin Hood. ¡Si es muy sencillo...!

Scarlett intentó otro tipo de razonamientos:

—¿Dónde se encuentra ahora, señor?

—En el castillo de su padre. Esperándome.

Y entonces, Robin dejó de golpe su aspecto ceñudo, atrajo hacia sí a sus dos amigos, y dijo, con lágrimas de alegría en los ojos:

—¡Tenéis razón, mis queridos hermanos! He sido muy tonto, razonando y complicándolo todo. Os voy a pedir unos días de vacaciones. ¡Mañana mismo marcho a ver a Mariana!

Pequeño Juan lanzó su sombrero al aire:

—¡Hurra! ¡Esto hay que celebrarlo! Scarlett, ¿dónde has escondido esa bota de vino añejo que nos regaló aquel comerciante escocés hace unos días?

Y a la mañana siguiente, Robin Hood se escapó sigilosamente del escondrijo del bosque de Sherwood, alegre como un niño, para reunirse con su amada. El placer de la aventura iba unido al más puro amor.

Joaquín Prate, el intendente, le había preparado una bolsa llena de provisiones para el viaje, pero Robin la había rechazado, pues prefería sentirse libre, ágil, y buscarse el sustento según se presentaran los acontecimientos.

Debía dirigirse al castillo del conde de Locksley en Arlingford. Aunque en la conversación que tuvo Robin el día anterior con sus amigos no lo dijera, la verdad era que no había perdido el contacto con su amada en aquellos tres meses de ausencia. Esta le enviaba cartas, a las que Robin contestaba, y hacía de intermediario el hermano Tuck, el que fuera confesor de Mariana y luego se retirara a una ermita, junto al río. El fraile gordo y fortachón prestaba una gran ayuda a Robin, al servir de centinela avanzado del campamento proscrito. Sin embargo, en la última carta de Mariana, ésta le había dicho que ya no podía soportar por más tiempo su ausencia. Además, estuvo en Arlingford el conde Guido, quien, después de su cautiverio en el bosque de Sherwood, intentaba vencer a Robin de otra manera: consiguiendo la mano de Mariana. Sabía que no podía conseguirlo a las buenas, y por eso había presionado al conde de Locksley reclamándole unas viejas deudas. Así decía Mariana. Por eso, Robin estaba tan triste y tan deprimido cuando, el día anterior, paseaba por el campamento con sus amigos.

Robin Hood había decidido que lo mejor sería traer a Mariana al bosque. Sin ella se encontraba débil, inquieto, incompleto. Y para todos sus compañeros era mejor que Robin fuera el auténtico luchador de siempre. Perdía más si no la tenía que si la tenía allí.

Aquel era uno de esos hermosos días de otoño, en que el buen tiempo parece despedirse de la tierra hasta al cabo de unos meses. Robin cabalgaba un hermoso animal, que conocía como pocos los vericuetos y los atajos que llevaban del campamento al camino real. Podía soltar las riendas y tener la seguridad de que llegaría a buen puerto. El ánimo de Robin estaba limpio, como si una tormenta de verano lo hubiera purificado de dudas y de tensiones. En primer lugar, se dirigiría a la ermita del hermano Tuck, pero antes podría divertirse un buen rato. ¿Acaso la alegría está reñida con el deber?

Cuando, a mitad de camino, ya en el camino real, detuvo su caballo junto a un abrevadero, había tramado ya la broma que gastaría al hermano Tuck. Se cubrió la cara con barro del camino, agujereó una de las mantas del caballo y se la metió por la cabeza, a guisa de túnica, se quitó el gorro con la pluma, escondió su rubia cabellera con una media, que ajustó a la cabeza, y continuó el camino hacia Copmanhurst. Dejó el caballo oculto tras unos matorrales y descendió la cuesta que llevaba al río. Llegó hasta el pequeño muelle, que estaba unido con la otra orilla por una gruesa cuerda. El hermano Tuck pasaba a los viajeros de un lado a otro con una barca ancha y regordeta, valiéndose de la cuerda, sin necesidad de remos.

Al otro lado del río estaba la ermita, con su humilde espadaña. Junto a ella, el hermano Tuck, más gordo que nunca, vestido con su hábito monacal, pero blandiendo un terrible espadón.

—¡Hermano! —gritó Robin Hood, atiplando la voz—. ¡Pásame al otro lado del río!

El fraile miró la extraña figura: ¿sería un mendigo o acaso un loco? Pero subió a su barca, tiro de la cuerda y con una agilidad sorprendente la guió hasta el amarre del otro lado. Robin subió sin decir palabra, contestó con monosílabos a las preguntas del monje, y cuando llegaron a la otra orilla saltó a tierra firme y emprendió la marcha.

Pero el hermano le agarró de la túnica y le dijo:

—¡Un momento, caballero! La costumbre es que los viajeros dejen una limosna para la ermita.

Robin Hood hizo un gesto de impotencia y contestó:

—Las limosnas dependen de la voluntad de quien las da. Y a mí no me da la gana contribuir a los gastos de la ermita.

El hermano no le soltaba:

—Pero habéis olvidado que yo soy un religioso, y mi obligación es despertar las conciencias dormidas. Así que si no queréis que os rebane la cabeza con este espadón, soltad prenda, caballero.

Como el otro se negara, el hermano Tuck le registró las ropas y comprobó que, en efecto, no llevaba ningún dinero. Entonces, con su espadón apoyado en el pecho del viajero, le dijo:

—Ya que no lleváis una sola moneda, mis obligaciones religiosas me exigen que paguéis con otra moneda: con un sacrificio. Os voy a ayudar a ganar el cielo. Tenéis que llevarme al otro lado del río.

Robin Hood aparentó un gran temor:

—¿Pero cómo?

—¿Cómo? ¡Cargando conmigo, naturalmente! Agachaos, que subiré sobre vuestros hombros, y me hareís llegar al otro lado. ¡Y cuidadito con desfallecer, porque este espadón os puede hacer cosquillas!

Robin Hood se arrodilló en el suelo, cargó con el peso considerable del hermano y de su espadón, y, algo vacilante, entró en el río y fue avanzando por las aguas hasta llegar al otro lado. Pero cuando el hermano, que reía de la humillación que había hecho sufrir al viajero, se disponía a bajar de su cabalgadura, Robin Hood lo tiró violentamente a un lado, y antes de que el fraile pudiera reaccionar, pisó el espadón que le había caído. El hermano se puso en pie, pero entonces, Robin ya agarraba el arma con las dos manos y presentaba batalla.

–¡Vive Dios! ¡El enemigo saca fuerzas de flaqueza! —dijo el fraile, asombrado.

—Sobre todo cuando el enemigo es... —dijo Robin.

—¡Robin Hood! ¡Mi querido amigo! Pero, ¿cómo no os he reconocido? ¡Qué vergüenza, Dios mío!

Los dos hombres se abrazaron y emprendieron el camino de regreso. Pero como la barca había quedado al otro lado, el hermano insistió en que ahora sería él quien llevara a caballo a Robin. Y lo hizo, bromeando y diciendo al proscrito:

—¡Mala vida debéis llevar en el bosque de Sherwood! Porque pesáis menos que un corderillo.

Almorzaron juntos. El fraile sacó una de sus botas de buen vino y comentó con Robin las incidencias de su vida, de la de Mariana y de los rebeldes de Sherwood.

—Se comentó mucho en la comarca —hablaba el fraile— la burla del conde Guido. ¿Cómo se portó durante su cautiverio?

—Como un león enjaulado. Es muy triste, hermano. Los señores no aprenden nunca una lección. Y ahora parece que quiere herirme por donde más me duele. ¿Hay carta de Mariana?

—No. No hay carta. Parece que las cosas no van muy bien en el castillo de Arlingford. El conde hipotecó unas tierras a Herberto, el padre de Guido, y ahora no sabe cómo pagarle. Ya os enterasteis de la visita que hizo al padre de Mariana, y de su propuesta.

—Sí, lo sé —dijo Robin con gesto preocupado—. ¡Ojalá no hubiera ocurrido! Pero ya véis que no tengo más que un remedio: llevarme a Mariana conmigo.

El hermano Tuck se puso de rodillas y elevó los brazos al cielo:

—¡Bendito sea Dios, que ha oído mis súplicas! Ya sabéis que

soy un fraile muy poco letrado; no soy como ese Jorge que os envié hace unos meses. Pero eso sí: entiendo muy bien a las gentes, y vivo su vida.

—Y bebo su vino, deberíais añadir —insinuó Robin.

El hermano lanzó una carcajada:

—¿Acaso podría poner en marcha este cuerpo que Dios me ha dado con agua de las fuentes? Escuchadme: os respeto como jefe, y por eso nunca quise contradecir esas manías vuestras de que la mujer no cabe en un campamento. Si estáis decididos a que Mariana se vaya a vivir con vosotros, habrá llegado la hora de cerrar esta capilla y de ir a poner un poco de orden en el bosque de Sherwood.

Robin Hood no creía lo que oía:

—¿Entonces, hermano, si habéis estado en esta ermita durante estos meses se ha debido sólo a que queríais servir de mensajero entre Mariana y... su legítimo esposo?

—¡Pues claro! ¡Qué demonios tenía que hacer yo metido en este oscuro agujero! Así que, si no tenéis ningún inconveniente, regresaréis al campamento con una esposa y con un cura. ¡Ja, ja, ja!

—Un momento, hermano. Tal vez todos estos meses de vida solitaria os hayan hecho perder vuestra destreza con las armas. Tendré que hacer una prueba.

El hermano se puso en pie, sacó un espadón de una arqueta y se lo presentó a Robin:

—¡En guardia, hermano! Vamos ahí fuera, y os demuestro que los kilos no están reñidos con la agilidad.

Y así fue cómo los dos hombres salieron al prado y estuvieron una hora haciendo alarde de su habilidad. Luego, agotados y sudorosos, se dieron un baño en el río. Robin Hood quería partir en seguida hacia el castillo donde estaba Mariana, pero de pronto el fraile le dijo:

—¡Por todos los demonios! Me había olvidado del día que es hoy. Nada menos que el día de San Bruno.

—¿Y qué tiene eso que ver con mis planes?

—Pues mucho. Resulta que el día de San Bruno se celebra un torneo en la ciudad de Nottingham. Y juraría que vuestra esposa y su padre deben encontrarse allí. Y no sé si regresarán esta noche al castillo.

—¿Un torneo, decís? ¿Y en qué consiste ese torneo?

"... Los hombres de Guido intentaban apresar a los arqueros de Robin, pero estos sabían bien su papel, y fueron retirándose, disparando sus flechas con buena puntería. Los de Guido, armados con su pesado traje de hierro, no se atrevieron a salir de la capilla hasta que tuvieron la seguridad de que los proscritos se habían internado en el bosque". (pág. 18)

—Un torneo de arqueros. Dicen que asistirá el mismísimo villano Juan, el hermano del rey Ricardo.

Robin se interesó por las palabras del monje, pero éste, leyéndole el pensamiento, le dijo:

—¡Por todos los demonios! Ni se os ocurra acercaros por allí. La ciudad estará llena de soldados y guerreros, y ya sabéis que vuestra cabeza tiene un precio.

—No os preocupéis. Sé cuidarme.

—¡No os dejaré marchar de aquí!

Robin Hood sonrió, desafiante:

—¿Qué queréis? ¿Otra pelea? ¿Aquí en el río? ¿Una pelea cuerpo a cuerpo, sin armas ni ropas?

—¡No, no! Quiero que os quedéis en la ermita, esperéis unos días, y luego marchéis en busca de vuestra mujer.

Pero como Robin Hood era cabezota, y le gustaba el peligro y la aventura, al cabo de unas horas partía hacia la ciudad de Nottingham, al trote de su caballo. A su lado, montado sobre una mula, cabalgaba un grueso fraile que escondía el espadón bajo los hábitos.

. . . .

—¿Qué noticias cuentan sobre nuestro buen rey Ricardo? —preguntó Robin al fraile, cuando se acercaban ya a la ciudad de Nottingham.

—Pocas noticias, pocas. Sabemos que venció a los infieles en varias batallas, y que conquistó la isla de Chipre, pero después se ha perdido su rastro. Hay quien dice que está prisionero en la misma ciudad de Jerusalén. Otros dicen que regresó a Francia y que allí murió. Otros añaden que el archiduque de Austria Leopoldo le tiene encarcelado. ¡Pero todo son rumores, rumores que se lleva el viento! Y, mientras tanto, esta desgraciada tierra está gobernada por un perezoso, un codicioso y un cruel: el príncipe Juan.

Pero ya se acercaban a la ciudad. El camino se iba llenando de campesinos cargados con sacos de manzanas, de cebada, de centeno. Una larga fila de carretas, con los productos más variados, esperaba el registro de los soldados. Jóvenes arqueros, caballeros de pesada armadura y vistosos penachos, señores cabalgando a lomos de mulas enjaezadas, todos se dirigían al torneo. Para evitar que le descubrieran, Robin se había puesto un hábito del hermano Tuck y había dejado el caballo en una posada. Robin llevaba la mula del ronzal, y Tuck, orondo y orgulloso, saludaba a todos los viandantes y repartía bendiciones.

No necesitaron cruzar las puertas de entrada, porque el torneo se celebraba en un prado, junto a la ermita dedicada a San Bruno, a la orilla del mismo riachuelo junto al que el hermano Tuck había pasado varios meses, riachuelo que aquí se había convertido en un hermoso aprendiz de río. En el extenso prado se levantaban las tiendas de todos los nobles asistentes, con banderolas con los colores propios de cada casa. Había cobertizos de madera donde se afanaba una multitud de artesanos, y amplias cuadras donde relinchaban los bravos caballos que participaban en las carreras. El centro mismo del torneo lo formaban dos tribunas entre las cuales corría un estrecho pasillo por el que se lanzarían los jinetes, o que atravesarían las flechas de los arqueros.

Cuando los dos frailes llegaron, el torneo estaba en pleno vigor. Los nobles y caballeros, y sus damas, ataviadas de sedas y altos capirotes, ocupaban las tribunas. El pueblo se agolpaba a los extremos del terreno de juego. Estaban ahora embistiendo dos caballeros, que habían lanzado sus caballos al galope; el uno contra el otro, y en el centro del terreno se habían enzarzado en una descomunal pelea, con sus potentes alabardas. El que vestía armadura oscura estaba a punto de derribar a su rival. Cuando lo consiguió, sonaron clarines y tambores, y el vencedor se acercó a la tribuna donde el príncipe Juan, rodeado de sus lacayos y aduladores, le entregó una corona de laurel.

Los frailes preguntaron a un rubicundo arquero, que tensaba el arco a cierta distancia de la muchedumbre, si después del torneo a caballo habría alguna otra competición. Este les dijo que debía celebrarse el torneo de tiro al arco, y que el príncipe Juan entregaría como trofeo una flecha de plata.

—Buen hombre, ¿sabéis dónde puedo conseguir un buen arco y unas flechas?

El arquero le miró con curiosidad: ¡un fraile con pretensiones belicosas! Pero le contestó que el mismo lo traería, si le pagaba su precio, claro está. Robin se dio cuenta de que no llevaba encima ni una sola moneda, pero el hermano Tuck sacó de la manga una sucia y mugrienta bolsa de cuero, y tomando de ella una moneda de plata dijo al arquero:

—Esto para que os deis prisa. El resto, cuando tengamos aquí todo lo que os hemos pedido.

Mientras los siervos del príncipe limpiaban la pista para iniciar el torneo final del día, los dos frailes entraron en la ermita acompañados del arquero. Claro que éste no entraba allí por gusto para rezar una oración a San Bruno, sino que entraba presionado por el espadón del fraile gordo, que sentía clavado en su espada, bajo el amplio hábito del monje. Como aquel proveedor de armas a buen precio tenía la misma estatura que Robin, los dos frailes habían decidido que prestaría al proscrito su traje. Y en un rincón de la ermita obligaron al asustado joven a despojarse de sus ropas, ponerse el hábito de monje, y dejar que Robin vistiera su atuendo. Luego le dieron las monedas que aún faltaban para pagar la compra, y algunas más, de regalo, pidiéndoe perdón por el asalto de que había sido objeto.

Vestido, pues, con una zamarra de cuero y unas ajustadas medias amarillas, con una redecilla en la cabeza, Robin llegó a la pista del torneo cuando éste estaba en pleno apogeo. Los tiradores iban interviniendo, intentando acertar el blanco situado a una inmensa distancia. Hasta ahora, la mejor puntería era la del último, un hercúleo guarda forestal del rey. Este, aunque había clavado su flecha en el círculo interior del blanco, no había acertado en el mismo centro.

Robin estudiaba también los rostros de los nobles que ocupaban la tribuna y divisó, fugazmente, a su amada Mariana. Era la doncella más hermosa de todo el torneo. A su lado estaba su padre, y más allá, hablando con el anciano, observó a Guido de Gisborne. El corazón le dio un brinco.

El príncipe Juan se puso en pie. Los tambores y los clarines reclamaron silencio.

—¿Habrá alguno entre los aquí presentes que se atreva a mejorar la marca de mi guarda forestal Ricardo de Newport?

Nadie se movía entre la muchedumbre. Desde las tribunas las damas miraban hacia abajo, con curiosidad.

Entonces, apartando a la multitud y abriéndose paso hasta la pista, Robin Hood contestó al príncipe:

—¡Yo, señor! ¡Juro que he de mejorar la marca de ese guarda!

Hubo murmullos de curiosidad, cuchicheos, inquietud: ¿quién sería aquel joven que osaba competir con el mejor arquero de la comarca?

—¿Cuál es vuestro nombre, joven? —preguntó el príncipe.

—Señor, permitidme que sólo os lo diga si logro superar la marca.

—Estáis en vuestro derecho. ¡Cuando os plazca!

Las trompetas y tambores ordenaron silencio. Robin tensó el arco, colocó la flecha, apuntó, mantuvo la respiración, concentró sus fuerzas y su tino, y lanzó una flecha a tal velocidad que los asistentes no pudieron seguirla con la mirada. Pero allí estaba: en el mismo centro. No se había desviado ni un milímetro.

Los aplausos y el griterío eran espectaculares. Robin avanzó hacia la tribuna de la presidencia, para recibir el trofeo tan dignamente ganado, pero antes murmuró unas palabras al oído del fraile Tuck, que echó a correr en otra dirección, perdiéndose entre la gente.

Y cuando el príncipe entregaba la flecha de plata, y preguntaba al vencedor su nombre verdadero, un fraile gordo se acercaba a Robin, llevando de la rienda un hermoso caballo, que dejó junto a él, desapareciendo luego entre la multitud.

—Sabed que me llamo Roberto Fitzooth, y que el pueblo también me conoce como Robin Hood, y que soy el legítimo esposo de Mariana Fitzwalter.

Cuando el príncipe se reponía de la sorpresa, Robin ya estaba a caballo junto a la tribuna de Mariana. Y aunque se encontraba a cierta altura, la joven saltó en el vacío, cayó sobre la grupa, y Robin y Mariana, lanzando el caballo al galope, emprendieron una rápida huida. Cuando los hombres del príncipe se lanzaron en su persecución, era demasiado tarde.

Varias horas después, cuando la luna comenzaba a lucir pálidamente en el cielo, el hermano Tuck llegaba a su ermita, a lomos del caballo de Robin Hood, y arrastrando su propia mula. Confiaba que todo hubiera salido bien.

¡Y tan bien que había salido! Observó que había luz en la vivienda, y que Robin y Mariana hablaban de amor, de cariño, de felicidad. Tosió varias veces antes de cruzar el umbral:

—¡No quería molestaros! ¡Los condes me perdonen!

Mariana saltó a sus brazos:

—¡Mi buen hermano Tuck! ¡Cuánto os agradezco que hayáis ayudado a Robin a traerme consigo! ¡Os estaré eternamente agradecida!

El hermano, que era de buen corazón, quedó conmovido ante

la sinceridad de la joven. La miraba a ella, miraba luego a Robin, sentado en el camastro, y daba gracias a Dios porque la felicidad reinase en algún lugar de este mundo tan maltrecho.

—No os digo nada, porque me váis a hacer llorar. Pero... ¡ea! Emprendamos la marcha a ese famoso bosque de Sherwood, porque los soldados del príncipe nos seguirán la pista. ¡Ay, Dios mío! Hay quien ha sido cocinero antes de fraile, pero yo he sido barquero, casamentero, ¡y ahora me toca ser un bandolero! Lo malo es que todas estas emociones me abren el apetito —y bostezó sonoramente—. Robin, ¿nos habrán dejado algo de cena tus valientes?

Los dos enamorados se echaron a reír.

—Cuando lleguemos a Sherwood mandaré que asen dos venados, veinte perdices y cuarenta liebres. ¿Tendrás bastante?

El hermano recogió algunos devocionarios y otros objetos litúrgicos, sacó varios espadones y un casco de guerrero, y con todo ello en un saco cargado al hombro, acompañó a Robin y Mariana a las cabalgaduras. A punto de partir, él sobre la mula, y la pareja en el caballo de Robin, les dijo:

—¡Por mil demonios! ¡Si he olvidado lo más importante!

Bajó del rucio, entró en su choza y volvió a salir cargado de dos enormes botas de vino.

V

EL CABALLERO Y EL ABAD

Aquel viernes era día de mercado en la ciudad de Lancaster. Pero la lluvia de otoño había deslucido el espectáculo: los campesinos habían procurado hacer sus compras y sus ventas resguardados bajo los soportales de la Calle Mayor, y la feria de ganado había tenido que guarecerse bajo lonas y toldos improvisados. Todos decían que este año se habían adelantando las lluvias, y echaban de menos el buen tiempo, tan pronto partido.

Al atardecer, pocos deambulaban por las calles de la ciudad. A la lluvia se había unido una ráfaga de viento, y el cielo, sombrío, no presagiaba ningún cambio. Los que atravesaban las calles, a pie o a caballo, parecían tener una prisa enorme por llegar al calor de su hogar o guarecerse en algún lado. Por la calle de los plateros, que se recostaba en los muros del castillo, la única puerta abierta a la calle, era la de la Taberna del Pájaro Verde. De ella salían ruidos de peleas y de carcajadas, y la luz de sus antorchas iluminaba un trocito de calle, mostrando que la lluvia seguía cayendo, constante, azotando el suelo.

Sin embargo, recostado en el dintel, y protegido de la inclemencia del tiempo por el alero de la taberna, un muchacho se limpiaba las uñas con una daga corta, mientras contemplaba el panorama desierto de la calle.

Acertó a pasar por allí un caballero. Parecía un caballero de triste figura, porque su casaca estaba empapada de agua, y el yelmo de la armadura mostraba la necesidad de ciertas reparaciones urgentes. El caballo enseñaba casi todos los huesos, y caminaba a paso lento. Se detuvo ante la taberna, y preguntó al muchacho:

—¡Eh, rapaz! ¿Podías indicarme dónde está la puerta del Sur, el camino que sale hacia Blyth?

El muchacho lo miró con curiosidad. ¡A quién se le ocurriría ponerse en marcha con un día semejante! Pero contestó, con su aire de pícaro de ciudad:

—La puerta que su merced busca, está al otro lado de esta calle. Llega a una plaza grande, sigue por la calleja que recorre el muro, y al final la encuentra. Pero le aconsejo que meta el caballo en la cuadra y entre a la taberna a esperar que cambie el tiempo.

—Gracias, muchacho, pero no puedo detenerme. Tengo que irme hacia allá.

El muchacho estudió la casaca sucia y raída, y los viejos arneses del caballo, y continuó explicándole:

—No parecéis de estas tierras. Pero sí queréis seguir ese camino de Blyth con este tiempecito, lo váis a pasar mal. Yo, en vuestro lugar, buscaría un buen herrero, un buen talabartero, e incluso compraría otro caballo. Conozco un tratante de caballos que ha venido al mercado y no ha podido vender todos sus animales. Os recomendaría un caballo pío de buena traza. Si os acompaño, os hará un buen precio...

El caballero le cortó en seco; no parecía estar para escuchar consejos:

—No, gracias, muchacho. Seguiré mi camino.

—¡Un momento, señor! Los de esta ciudad tenemos fama de ser amables con los forasteros, y aunque no me gane ni un solo penique, quiero informaros sobre ese camino que váis a tomar. El camino sigue la antigua vía romana, y en algunos trechos es amplio y liso. Ya sabéis que el rey ordenó cortar la maleza a ambos lados del camino para evitar que los viajeros honrados fueran asaltados por bandoleros y mendigos. Pero a unas millas de la ciudad, cuando el camino sube un repecho, se pierde la ruta romana, y cerca de la aldea de Pent atraviesa el río Went. Ahí os aconsejo que tengáis mucho cuidado, señor. Es una auténtica paramera, y con este tiempecito seguro que el viento sopla como un huracán. Si váis a caballo, es fácil que el viento os lance al río. Yo, en vuesto lugar, pasaría a la taberna. ¿Conocéis el vino de estas tierras?

—¡Basta ya, muchacho! —y el viajero tiró de las riendas para continuar su camino.

—¡Y mucho cuidado con Robin Hood! —gritó el muchacho.

Sin parar la marcha del caballo, el caballero preguntó:

—¿Quién es ese de quien me habláis?

—¡El rey de los bandoleros del bosque! Dios quiera que no os asalte, porque perderíais todo lo que lleváis encima, ¡y sabe Dios si saldríais con vida!

El caballero llegó a la puerta del Sur, flanqueada por dos torres esbeltas, y, al amparo de sus barbacanas, dudó antes de continuar la marcha. El cielo estaba oscuro, la lluvia estaba cesando, pero el viento huracanado no era preludio de buenos viajes. Sin embargo —pensó, con un suspiro— debía avanzar, debía continuar a su castillo de Uttersdale, y no podía permitirse el lujo de descansar unos días en la posada.

El muchacho le había dado buenas indicaciones. La vía romana, en efecto, se estrechaba algunas millas más allá de la salida de la ciudad; el bosque y los prados se transformaban en tierra de abetos, y más allá en una paramera poblada de brezales. Las piedras del pavimiento romano iban espaciándose, y pronto sólo quedó un camino de barro, por el que chapoteaban los cascos del caballo. Tuvo que afianzarse bien sobre el animal, y soportar el fuerte ataque del viento.

El puente romano parecía una isla rodeada por un río de aguas turbias y agitadas. El suelo era bastante resbaladizo, pero el caballero subió al puente. Un golpe de viento le dejó casi colgando del caballo, y este relinchó, asustado. Tuvo que emplear todas sus fuerzas para erguirse de nuevo sobre la silla, palmear la testa del animal, usar las espuelas, y conseguir llegar al otro lado. Varias cinchas se le habían roto, debido a la humedad y al esfuerzo. El yelmo lo tenía ladeado, y necesitaba ayuda para arreglar su pobre indumentaria.

Se guareció bajo unos álamos vecinos, y distinguió a lo lejos a un porquero que conducía su piara, a gran velocidad, hacia unas casas vecinas. Llamó al hombre a gritos, pero este echó a correr. ¡Dios me proteja! —pensó— ¡He de aguantar hasta el final, no me queda más remedio!

Por lo menos, la lluvia había cesado. Era difícil distinguir el camino embarrado, pero pronto volvió a aparecer la vía romana, ancha y espaciosa, y trotando por ella, el caballo emprendió la subida de un repecho, en la cima del cual había unos robles venerables. Al caballero le pareció distinguir algunas figuras humanas bajo el árbol, pero no hizo mucho caso, porque la noche era bastante cerrada, y no creía en historias de fantasmas o de almas penitentes que vagaban por los bosques en noches de otoño.

Sin embargo, cuando superó el repecho comprendió que había caído en una trampa: aquellos no eran espíritus; eran tres hombres de carne y hueso, ataviados con zamarras de cuero, portando carcaj a la espalda, cintos con dagas y pesadas botas de leñador. Y aquellos tres hombres le rodearon, apuntándole con los arcos. No tuvo tiempo de echar mano al cinto, porque tampoco parecía que quisieran robarle.

El más grueso y enorme de todos —parecía un gigante— se arrodilló ante el aturdido caballero, y haciéndole una zalema, como si se dirigiera a un monarca, le dijo:

—Bienvenido, señor, a nuestros bosques. Mi amo lleva tres horas sin cenar, esperándoos. Y os ruego que aceptéis nuestra invitación.

—¿Quién es vuestro señor y por qué me espera?

—El señor de los bosques: Robin Hood.

Al oír esto, el caballero quedó aterrorizado y se santiguó. Los otros rieron, pero le obligaron a seguirles. El más joven al que llamaban Much, llevaba el caballo de la rienda; los otros, a cada lado, tenían el arco presto para disparar.

El camino era oscuro y erizado de zarzales y obstáculos. La lluvia caída durante todo el día había formado verdaderos torrentes, y había arrastrado troncos y piedras, haciendo intransitable el sendero que sólo un experto explotador podría conocer. Fueron dos horas de temor y de angustias para el caballero, y las bromas y las canciones de sus carceleros no aligeraron su estado de ánimo.

Por último llegaron al corazón del bosque, y a ese amplio claro donde se encontraba el campamento de Robin Hood. Pocos hombres había a la vista, salvo unos grupos que sin duda deberían estar en guardia. Al abrigo de la lluvia, al fondo de la clariana, crepitaba un fuego con una marmita inmensa, y se adivinaban otros hogares con viandas de todo tipo.

Los hombres condujeron a su rehén a través del claro del bosque y volvieron a internarse en él hasta llegar a la entrada de una cueva. Allí invitaron al caballero a abandonar su montura, y a penetrar por aquel escondrijo.

Sólo fueron unos momentos de oscuridad, porque al doblar el primer recodo de la cueva llegaron a un amplio túnel, bien iluminado por antorchas que crepitaban a ambos lados. El pasillo, recto, desembocaba en una especie de sala abovedada, de grandes proporciones, bien iluminada, al que las estalactitas azuladas y verdes daban un aspecto de cuento de hadas o de héroes mitológicos. En el centro de la sala había una inmensa mesa, a la que bien podrían sentarse cien personas, con manteles, cubiertos de plata y búcaros con flores.

Hacia los recién llegados se adelantó un caballero, desconocido por el visitante, pero que pronto comprendió que era el rey de los forajidos. Le tomó de las manos, y le dijo:

—No os asustéis, señor. Estáis rodeado de buena gente, fieles servidores del rey Ricardo Corazón de León, y nos apetece mucho que os sentéis a cenar en nuestra compañía.

Apareció Mariana, ataviada con las mejores galas de una señora de la corte del rey, y dio su mano a besar. Luego tomaron asiento: Robin, el caballero, Mariana, Will Scarlett, Pequeño Juan, Much, y todos los demás hermanos y camaradas. Antes de servir la comida, unos pajes trajeron aguamaniles, jarros y finos paños de lino, para que todos se lavaran las manos.

¡Qué cena! ¡Jamás en su vida había probado, el caballero, tan exquisito banquete! Esturiones adobados, en barriles, lampreas cocinadas con miel y romero, lenguado y rodaballo frescos, carne de venado, de cerdo, de ternera, pichones, faisanes, perdices... ¡Un festín de reyes! Y todo ello rociado por exquisitos mostos y espesos vinos gascones. Tan impresionado estaba el visitante, que no se dio cuenta de que todos los comensales —algunos con aspecto de tener mucha hambre— esperaban que él diera el primer bocado. Pero cuando, según su costumbre, iba a santiguarse y a dar gracias a Dios por aquellos alimentos, Robin Hood, que presidía la mesa, le dijo:

—Perdón, buen amigo. Había olvidado que tenemos un capellán y un ayudante, que bendecirán la mesa mejor que nosotros. ¡Hermano Tuck!

Y al momento apareció el hermano Tuck, con su tosco sayal y su inseparable espadón colgado al cinto, y el hermano Jorge. Cada uno se puso a un extremo de la mesa, y, los dos al unísono, dieron con la mano derecha la bendición a los comensales y a los alimentos.

Entonces el caballero probó un poco de rodaballo, y al momento todos le imitaron, y la cena empezó a adquirir ese tono de camaradería y de bullicio alegre que tienen las cenas de amigos.

Cuando empezaron a servir exquisitos postres —fresas, frambuenas, flanes, pasteles— uno de los proscritos —muy delgado y de andares estrambóticos— se acercó al invitado, y haciéndole una gran reverencia, le dijo:

—Si vuestra merced me da permiso, cantaré una balada de tierras del Norte, para amenizar la sobremesa.

Con el permiso del extrañado caballero, aquel juglar improvisado —al que llamaban Gilberto el de la mano blanca— subió de un salto a la mesa, procurando no pisotear alimentos ni vasijas, recibió de manos de un paje una hermosa lira, y comenzó su balada, una canción que sin duda conocían ya los proscritos, pues todos canturreaban el estribillo. La llamaban «la balada de la santa caña». Era la historia de un mozalbete que se había enamorado de la hija del rey, pero al que este no aceptaba como yerno por ser humilde y por estar más interesado en el trabajo y en su colección de estatuas antiguas, que por conseguir dinero y fortuna. El enamorado partió a Francia, en busca de aventuras que le dieran fama y poder, pero antes de partir dejó a su enamorada una caña milagrosa, «la santa caña», que decían que perteneció a un santo ermitaño y que tenía poderes mágicos. Si los dos enamorados asían la caña y se declaraban su amor, la caña guardaría siempre ese cariño y cuando este se desvaneciera, la caña se mustiaría y se pudriría. La doncella pidió a su galán que la partieran en dos, y que cada uno guardara un fragmento de aquel mágico termómetro que les contaría que los dos corazones seguían palpitando al unísono.

El mozalbete partió. Le ocurrieron un sinfín de aventuras, cada una de ellas, naturalmente, seguida por el mismo estribillo, que canturreaban todos los proscritos:

cuando el amor florecía
cantaba la santa caña.

Pero un día, el enamorado, al sacar la caña milagrosa del estuche de cuero donde la llevaba, comprobó que había perdido su lozanía, y estaba totalmente deshecha. Emprendió velóz viaje a las costas francesas, embarcó de grumete hasta Inglaterra, corrió veloz al castillo del rey, y llegó el día en que su amada iba a contraer matrimonio. Para hacerlo más drámatico, Gilberto, el de la mano blanca, tañendo hábilmente su lira, cantó cómo llegaba el enamorado a la iglesia, cuando su dama iba a pronuciar el sí fatídico, que la ligaría para siempre con un duque de tierras lejanas. Al verlo, la moza se desmayó: la verdad es que le habían hecho creer que su enamorado había muerto. Y le costó mucho decidirse por ese nuevo pretendiente —propuesto por su padre, naturalmente— porque la caña milagrosa siempre había estado lozana en su poder. La historia tenía un final feliz, porque

cuando el amor florecía
cantaba la santa caña.

Los aplausos y los vítores fueron inmensos. Pero el caballero misterioso se puso en pie, y se dirigió a Robin:

—Mil gracias por estos agasajos y estos manjares tan exquisitos. Pero debo partir a mis tierras.

Robin Hood le retuvo:

—Un momento, amigo. Me parecería justo que contribuyérais a los gastos de nuestra comunidad. Esta cena tiene un precio.

—¡Ay! Ni siquiera podría pagaros una centésima parte de lo que me habéis ofrecido.

—¿Qué decís?

—Me apena confesar la vedad, pero sólo llevo conmigo diez chelines.

Gilberto le registró los bolsillos, y no encontró ni una sola moneda. Robin dio orden a Pequeño Juan de que saliera de la cueva, fuera a la cuadra y registrara el caballo a fondo. Este regresó portando una arqueta vieja y herrumbrosa, que quiso abrir forzándola con un maza.

No es preciso, amigo, —dijo el caballero— tomad la llave, y mirad lo que queráis.

De la arqueta salieron varios pergaminos, unas llaves, un libro de oraciones y algunas monedas de cobre, que, sumadas, llegaban a diez chelines.

Robin dio la orden a los demás proscritos de que se retiraran, y quedó a solas con el caballero que, con ánimo avergonzado y contrito, estaba sentado a la mesa, con la cabeza apoyada entre las manos.

—Ya sé que no es bueno meterse donde a uno no le llaman —le dijo suavemente Robin— pero no hay que ser muy listo para comprender que os ocurre algo.

El caballero callaba.

¿Habéis perdido toda vuestra fortuna en el juego? ¿Os han asaltado los bandidos? ¿Habéis cometido algún crimen?

Seguía callando el caballero.

—Podéis confiar en mí. Soy un proscrito, y aunque contara vuestra verdadera historia, nadie me creería.

El caballero comenzó a hablar, pero le costaba; en ocasiones le asomaba una lágrima:

—No he sido yo el autor de mi desgracia, no. Tenéis que saber, señor Robin Hood, que poseo tierras y castillo en Turnsdale, y que mi familia es de muy rancia alcurnia. Pero ocurrió que mi hijo y heredero, que entonces tenía dieciocho años, estaba enamorado de una doncella, a la que descubrió en compañía de un conde, vecino nuestro y buen amigo del príncipe Juan. En un arrebato de pasión arremetió contra él, y le clavó el estoque en el corazón. Luego dejó también sin vida a un escudero del conde, que se acercaba a prestarle ayuda. ¡Ay, Dios mio! Desde entonces he gastado toda mi fortuna pagando abogados, sobornando jueces, comprando declaraciones, porque es muy difícil probar que actuó a impulsos de su pasión, sobre todo si la víctima era amigo del regente.

Robin dejó que el caballero llorara y se desahogara.

Le ofreció un nuevo vaso de vino, y le preguntó:

—¿Eso es todo, buen amigo?

—No, no. Ahora viene lo peor. Al quedarme sin dinero no tuve más remedio que hipotecar mis tierras y mi castillo al abad de Santa María, de Montcaduceus.

—He oído hablar de ese abad. Y aquí tenemos a un fraile delgadito que también lo conoce muy a fondo.

—Sí. Lo hipotequé todo. Por cuatrocientas libras. Pero durante todo el año que ha transcurrido no he podido recuperar nada. Nada absolutamente.

—¿Y vuestros amigos? Sin duda deberían ayudaros.

—*Quan felix eris, multos numerabis amicos...*

—Algo de latín he aprendido, pero no tanto.

—Digo, con el poeta romano, que cuando las cosas te van bien tienes muchos amigos. Pero si el tiempo se pone nublado, te dejan solo.

—Decís verdad. ¿Y cuáles eran vuestros planes?

—Fijáos bien, Robin. Ya sólo me queda confiar en Nuestra Señora, que nunca me ha abandonado. Porque si no pago mañana al mediodía el dinero que debo al abad, todas mis tierras pasan a su propiedad. Y mi castillo. Y sé que desea apropiarse de todo.

—¿No os aplazaría la deuda... durante unos meses, al menos, hasta que pase el invierno, llegue la primavera y las cosechas y los tributos de los campesinos puedan llenar un poco vuestras arcas?

—No. Es un hombre cruel y avaricioso. Montcaduceus crece, engorda, se convierte en un feudo próspero gracias a la usura del abad. No tengo remedio.

—¿Y entonces?

—Me proponía pasar por el castillo para despedirme de mi

esposa y de mis hijas. La mayor podrá casarse con un burgués del pueblo vecino, aunque no esté enamorada de él. Las pequeñas entrarían con su madre en un convento. ¡No sólo sufren los campesinos en este reino de Inglaterra!

—Decís verdad, señor. Pero vos, ¿qué pensabais hacer?

—Si ya lo había perdido todo, mi esposa y mis hijos, que son las personas a las que más quiero en este mundo, mi castillo, que heredé de mis padres y abuelos, y mis tierras, donde conozco a todos mis campesinos y todos me quieren y me respetan, ¿qué otra solución tenía? La que ya había decidido antes de que me invitárais a tan opípara cena. Emprender el largo camino hacia la Tierra Santa para arrodillarme ante el sepulcro de Nuestro Salvador.

Robin Hood y Mariana respetaron el silencio de aquel hombre, preñado de emoción. Todos los proscritos habían salido, y sólo se oía el crepitar de las antorchas, que daban tonalidades mágicas a las estalactitas de la cueva.

—Por eso esta es la última actuación pública de sir Richard at Lee. A partir de ahora seré simplemente el peregrino Richard.

—Nada de eso, señor. Si confiáis en Nuestra Señora, yo, que soy un buen devoto de ella, no puedo permitir que se cometa esta injusticia. Os voy a prestar las cuatrocientas libras, pero, además, es mi voluntad que cambiéis vuestras ropas raídas por una hermosa túnica y una armadura nueva. Mañana podréis acercaros a la abadía y demostrar a ese abad avaricioso que no ha podido acabar con un buen caballero. ¡Por la cruz de mi espada!

El caballero escuchó esas palabras sin acabar de comprender, tan grande era su aflición. Robin Hood cogió un cuerno que colgaba del muro de la cueva, lo hizo sonar, y al momento apareció un paje, al que dio ciertas órdenes. Al cabo de un rato apareció éste con una hermosa túnica púrpura y unos escarpines de gamuza.

—Ponéos estas ropas, mi señor, y permitid que os invite a dormir esta noche entre nosotros. Mañana partiréis hacia la abadía de Montcaduceus acompañado de mi fiel Juan y volveréis a recobrar vuestras tierras.

Entonces, el caballero comenzó a darse cuenta de que aquello era realidad. Abrazó a Robin Hood, lo estrechó contra su pecho y prorrumpió en un copioso llanto. Luego se arrodilló, y alzando los brazos al cielo, dijo:

—¡Gracias os sean dadas, Santa María! Es verdad aquello de que Dios aprieta pero no ahoga.

VI

EL CABALLERO CUMPLE SU PROMESA

Al día siguiente partían del campamento de Robin Hood rumbo al monasterio de Santa María de Montcaduceus un caballero, ataviado con brillante armadura, sobre la que lucía al viento una capa de raso, montado en brioso corcel; a su lado, un escudero —o así podrían creerlo algunos— de talla descomunal, con jubón de paño verde de Francia. Al llegar al punto en que las sinuosas sendas que llevaban a la guarida de Robin Hood desembocaban en el camino real, sir Richard elevó la diestra hasta el bacinete de su coraza, despidiéndose de sus nuevos amigos.

Tenían que atravesar el río Ouse, y dirigirse luego a la ciudad de York, porque, en sus cercanías, se encontraba el poderoso monasterio agustino. La ciudad estaba dominada por un poderoso castillo; las gruesas murallas que la circundaban indicaban que era esta una época en que no podía dormirse sin miedo al enemigo: otro señor feudal, las tropas del rey, o bien bandas armadas de bandoleros.

Entraron por la puerta llamada «de los pescadores», y la primera parada la hicieron en una posada. Al desmontar los caballos, un rapazuelo comunicó al ventero que se acercaban unos señores de muy buena prosapia —hay que recordar que el hábito hace al monje—, y el mismo ventero, abandonando el servicio de las mesas, salió a recibir a sus huéspedes. Era un hombre de talla media, pelo canoso, delantal, que fue blanco en alguna edad remota, ajustado a la cintura, y ademanes aduladores e hipócritas:

—¡Pasen, mis señores, pasen! Aquí podrán disfrutar de las mejores comidas del valle del Ouse y beber los mejores vinos ingleses y franceses. ¡Pasen sus mercedes! También tenemos alojamientos. ¡Muchacho! ¡Lleva a la cuadra las caballerías de los señores!

Sir Richard hizo un guiño a Pequeño Juan. «Este es el gran teatro del mundo —pensaba—. Según el disfraz que te pongas, así te tratan. Pero entremos. Un buen refrigerio nos ayudará a reponer fuerzas.»

Como al ir a entrar a la posada oyeran las campanas de una iglesia próxima —York era famosa por sus múltiples iglesias—, preguntó sir Richard a Juan qué día era. Y le contestó que era domingo:

—¡Tan desmemoriado estaba! —contestó sir Richard—. Hermano, vayamos a misa y demos gracias a Dios del feliz desenlace de esta aventura. Luego, el ventero ya nos tendrá preparado un buen desayuno. Al salir de la iglesia —donde fueron objeto de la curiosidad de los asistentes— volvieron a la posada. El ventero, en un rincón, se asombraba de la rapidez con que Pequeño Juan devoraba un pollo entero que había puesto en una bandeja, adobado con salsas y especias.

—¿Podría retirarme un momento a alguno de vuestros aposentos? —preguntó sir Richard al ventero.

—¡Al que gustéis, mi señor!

—Venid acá, Juan —y cuando éste se hubo acercado, le dijo varias cosas al oído—. ¿Os parece bien?

—Muy bien pensado. Yo os espero aquí abajo.

Y cuando sir Richard bajó del piso alto de la posada, Pequeño Juan comprobó que se había puesto sobre la túnica elegante y la brillante armadura, el mismo traje raído con que apareciera el día anterior ante los hombres de Robin Hood, en el camino real.

Así vestido, montó su caballo y con Pequeño Juan como único acompañante emprendió el camino hacia la abadía de Montcaduceus. Era ésta una de las más ricas de todo el condado del Yorkshire, y tenía justa fama tanto por las inmensas propiedades que controlaba como por las preciosas copias de libros griegos y romanos que realizaban los monjes en el *scriptorium*. En todo el Yorkshire no había otro centro cultural que pudiera igualarse con este, y dentro de los bien guardados muros, los monjes aprendían las Sagradas Escrituras y, además, aritmética, música, astronomía y geometría.

Quien nunca hubiera entrado en los dominios de la abadía creería estar en un pequeño mundo muy bien organizado. En el centro de los dominios estaba la inmensa mole de su iglesia románica, y en dos edificios adosados a la fachada se encontraban la biblioteca del monasterio y la sacristía. En los terrenos situados al sur de la iglesia podía verse el hospital y la enfermería, un cementerio y, en la distancia, los pastos donde, en corrales bien delimitados, pastaban corderos, vacas, cabras, caballos. También se distinguían porquerizas y pequeñas chozas donde vivían los siervos de la gleba.

Hacia el este se encontraba la casa del abad, la escuela y una residencia de visitantes ilustres, junto a la cual varios edificios más modestos servían de almacenes, talleres artesanales y dependencias de los siervos. Al otro lado de la casa del abad, y comunicado con la iglesia por un arco de medio punto, estaba el hermoso claustro, con arcos graciosos sustentados por columnitas en cuyos capiteles aparecían todos los animales de la tierra, y algunos más inventados por los escultores. Era el claustro un remanso de paz en el mundo activo del monasterio; las arcadas marcaban un cuadrado abierto, en el cual crecían enhiestos cipreses y cantaba el agua de una fuente su cristalina canción.

Entrando al claustro desde la Iglesia, había que recorrerlo todo para alcanzar, al otro lado, la puerta de entrada al refectorio; el comedor de los monjes. Toda esta zona del Oeste la ocupaban los monjes: aquí estaban sus celdas, sus salas de estudio, sus huertas privadas. Más allá se extendían las granjas, las caballerizas, los molinos, y la residencia de peregrinos.

Porque hay que recordar que dos eran las fuentes de riqueza principales del monasterio: los tributos de los campesinos dependientes de la abadía, y los préstamos que hacía a gentes de toda condición. Los tributos eran una fuente segura de alimentos, de ganado, de productos artesanales; los préstamos, con lo mal que estaban los tiempos, permitían aumentar las monedas del monasterio... o sus propiedades.

Cuando el caballero sir Richard y Pequeño Juan avanzaban por los dominios del monasterio para dirigirse al refectorio, donde tenía que devolver al abad el dinero prestado, el refectorio estaba ocupado por toda la comunidad de monjes, junto con algunos amigos e invitados del abad, y, especialmente, el Justicia Mayor del condado, el conde Gilberto y el *sherriff* de Nottingham. El *sherriff* era un representante personal del rey de Inglaterra en cada condado, y por eso dependía de su buena o mala relación con el conde o señor local, que los campesinos vieran en él un defensor o un colaborador en la opresión.

El amplio espacio del refectorio estaba iluminado por la luz tamizada que llegaba desde las altas vidrieras, con imágenes de santos de la orden. Las paredes estaban cubiertas por tapices delicados, tal vez de origen extranjero. La larga mesa mostraba platos con los postres, porque ya todos estaban acabando el refrigerio. El abad presidía la mesa, y sobre su hábito de monje vestía una pelliza ribeteada por colas de zorro. Se tocaba con un birrete que le daba el aspecto de un duque. Pero, claro, ya comenzaba a hacer frío, y la tonsurada cabeza del abad sentía bien la temperatura.

Había estado hablando el abad con sus compañeros de mesa, el conde Guido, el *sheriff* y el Justicia Mayor, y habían estado comentando que hoy vencía el plazo de presentación otorgado a sir Richard, y que si el caballero no aparecía allí, en aquel refectorio, la abadía pasaría a ser propietaria de un castillo y de unas muy buenas tierras de pasto y de labor. El abad comía glotonamente unas cerezas confitadas y sonreía pensando que sus propiedades aumentarían más y más; el *sheriff* y el conde aprobaban la operación, porque era sabido que sir Richard tuvo que hacer aquél préstamo para salvar a su hijo, que había matado a un amigo del príncipe Juan. El único de los allí presentes que desaprobaba la intención del abad, y que se atrevió a hablar, era el prior del monasterio; el segundo de a bordo, y, sin embargo, un hombre recto, serio, sencillo. ¡Todo lo contrario del avaricioso y retorcido abad!

—Señor —dijo el prior al abad—. Permitid que os aconseje que concedamos otro préstamo a sir Richard durante otro año. En realidad, no ha tenido mucho tiempo para reponer su hacienda y conseguir algo de dinero...

—Tonterías, hermano, tonterías —contestó el abad limpiándose los dedos pringosos con una fina servilleta de seda—. Se nota que os dedicáis más a la oración y a los libros sagrados que a llevar las riendas del monasterio.

El conde, el *sheriff* y el Justicia Mayor aprobaron el comentario del abad. Este, dirigiéndose a sus invitados y sin mirar para nada al prior, continuó:

—Aquí todos los monjes son hombres de Dios, sí, pero cada día comen y beben, siempre tienen ropa limpia, cama limpia y manuscritos. ¡Y quieren que todo llueva del cielo! Yo soy el único que me desvivo por ellos. Me preocupo de que los tributos lleguen a tiempo, de que los campesinos paguen sus deudas, de que los señores no se mofen de mí. ¡Estaría bonito! ¡Encima que hacemos un favor, una obra de caridad prestando nuestro dinero sin interés, no faltaría más que los préstamos no se devolvieran! ¡El prestigio de la Iglesia, hermanos! Si sir Richard no aparece este mediodía, sus tierras y su castillo pasan a nuestro poder !a mayor gloria de Dios!

El prior intentó una última ayuda:

—De acuerdo, reverendo padre. Pero, ¿y si estuviera enfermo, o le hubieran asaltado los bandidos en el camino y por eso no hubiera llegado? ¿No será más caritativo esperar unos días?

El abad le miró con rostro irritado:

—Debo recordaros, querido prior, la norma de la obediencia que es fundamental en nuestra orden. Aquí mando yo y decido yo. Y aprended este refrán, aunque no sea del Evangelio: en boca cerrada no entran moscas.

Y luego, dirigiéndose al *sheriff,* le dijo:

—Por mí, la cosa está clara. Se ha cumplido el plazo y no ha aparecido el caballero. ¿Queréis que traiga un escribano y levantemos acta, con las firmas y los sellos de todos los presentes?

De un manotazo, limpió de platos, huesos de fruta y cáscaras, la mesa y dio unas palmadas a las que contestó un frailecito que estaba sentado bastante lejos, quien se puso en pie, y con las manos juntas y ocultas por las amplias mangas del hábito, se acercó, humilde y con la cabeza baja, hacia el prior: había sido uno de los compañeros del hermano Jorge Espresseth, pero no había tenido el valor de este, al defender la justicia y huir, por ello, del monasterio.

Pero no hubo necesidad de extender ningún acta. Porque, para sorpresa de todos los presentes, sir Richard at Lee, con su traje raído, el pelo revuelto y un aspecto contrito, apareció por la puerta del refectorio. Atrás quedaba Pequeño Juan, que guardaba en su regazo unas bolsas cargadas de monedas.

—¡Vaya, vaya, nuestro buen amigo sir Richard at Lee! —dijo el abad— ¡Sed bienvenido!

El caballero se puso de rodillas ante el abad, y con el rabillo del ojo comprobó la cara de satisfacción del orondo jefe del monasterio, y de sus ilustres acompañantes. Por toda la mesa del refectorio se había corrido la voz, y los monjes esperaban el desarrollo de los acontecimientos.

—Imagino —le dijo el abad, con sorna— que habéis venido a

devolvernos las monedas que con tanta caridad cristiana os prestamos cuando os encontrábais en tiempos de necesidad.

El prior, con los ojos entornados, rezaba una oración y apretaba las manos, deseosos de que se realizara algún milagro, de esos que contaban los libros que se copiaban en el *scriptorium* del monasterio.

—Mi buen abad —dijo sir Richard, humildemente—. Soy un caballero inglés, y por eso he venido al cumplirse el plazo de mi préstamo.

El abad se estaba poniendo impaciente, por miedo de que sus monjes se conmovieran por la actitud del caballero.

—¡Pues, adelante! Como buen caballero habréis cumplido la palabra dada, y me devolveréis la limosna que tuve a bien concederos.

Sir Richard, juntando las manos, y hablando entre sollozos, le dijo:

—Por Nuestra Señora, que a todos nos protege, he de deciros que a pesar de todos mis esfuerzos me ha sido imposible reunir las cuatrocientas libras. Os pido, humildemente, que me déis un plazo mayor. Varios meses creo que me bastarían.

El abad, seguro ya de entrar en posesión de nuevas tierras, intentó acortar el procedimiento.

—Caballero, las promesas son promesas. Y quien algo quiere, algo le cuesta. Un hombre es hijo de sus obras. Y, como dice el Evangelio, por sus obras los conoceréis. Se ha cumplido el plazo, y lo prometido es deuda. Podéis retiraros. Mañana vuestras tierras y vuestro castillo pasarán a mi propiedad.

El caballero, sin abandonar su tono humilde, continuó:

—Si estos ilustres caballeros, el conde Guido, el Justicia Mayor o el *sheriff* de Nottingham pudieran servirme de fiadores, vuelvo a repetiros que dentro de unos meses os lo devuelvo todo. Creo que no tendrán ninguna duda sobre mi reputación.

Pero los caballeros aludidos, compinches de las fechorías del abad, parecieron no enterarse. El abad les dirigió la mirada, pero como estos no dijeron nada, se puso en pie.

—Hemos terminado, sir Richard. Podéis retiraros.

El abad se puso en pie y elevó las manos al cielo, para entonar la acción de gracias por la comida e iniciar la salida del refectorio. Pero en ese momento, sir Richard se puso en pie y gritó a la cara del abad:

—¡No toleraré que usurpéis mis tierras! ¡Han pertenecido a mi familia durante varias generaciones! ¡No se puede robar el honor de un caballero!

El abad quedó perplejo, pero hizo un gesto al *sheriff,* quien, sacando su daga y acercándose al caballero, le dijo:

—Como brazo armado de la Iglesia, me veo en la obligación de...

Y, antes de que pudiera apoyar su daga sobre el pecho del caballero, este se despojó de la raída túnica, y apareció antes los comensales con todo el esplendor de la magnífica sobrevesta de raso que le regalara Robin Hood. Y el caballero, abandonando el tono contrito y gritando con voz sonora, les dijo:

—¡Brazo armado de la Iglesia! Eso es lo que quería oír, señor *sheriff.* Porque habéis de saber que os he traído todo el dinero prestado, y no váis a gozar del placer de usurpar las posesiones a un caballero honrado. ¡Escudero, entra!

Y entonces apareció por la puerta del refectorio Pequeño Juan, cargado con dos bolsas de cuero, que lanzó con rabia sobre la mesa, y que cayeron bajo las narices del abad.

El caballero, en pie, miraba dignamente a los señores y el *sheriff* tuvo que retroceder y guardar la daga. El hermano que en principio iba a haber redactado el acta de no comparecencia del caballero fue el encargado de abrir las bolsas y contar las monedas, lo que hizo con una vocecita tenue, como si estuviera rezando el rosario en una capilla del monasterio.

—Todo está completo, reverendo padre —e hizo una reverencia, y regresó a su asiento con las manos cruzadas y ocultas por las mangas del hábito.

—¡Podéis continuar con vuestros torpes negocios! —dijo el señor mirando a todos los que presidían la mesa—. ¡Pero Nuestra Señora siempre protege a los que la honran de corazón! ¡Quedáos en paz!

Y desapareció por la puerta que daba al claustro, con su dignidad a cuestas. El prior, ante el asombro de los presentes, elevó las manos al cielo y recitó una plegaria:

—¡Bendito sea Dios, que no abandona a sus criaturas!

Pequeño Juan guió rápidamente al caballero por el claustro hasta una pequeña puerta que, atravesando el lavadero, daba al exterior. Allí había conducido los dos caballos. Pronto se encontraban lejos del monasterio, galopando hacia la ciudad de York.

Como ya era tarde, y desde el almuerzo de la mañana no habían probado bocado, regresaron a la misma posada, donde el ventero no acababa de comprender por qué aquel caballero tan distinguido cambiaba de ropa con tanta frecuencia.

Después de un buen festín de codornices y coles, el caballero y Pequeño Juan emprendieron la marcha hacia el castillo de Richard. El camino era largo, y tuvieron que vadear varios ríos y detenerse para abrevar los caballos. Pero con el alba llegaron a las puertas del castillo, algo más que una casa señorial, con torreones, pero sin foso ni puente levadizo, ni siquera con un centinela atisbando los caminos.

Sin embargo, en el piso superior se veían luces tras una ventana. Cuando los dos jinetes ya se acercaban a la puerta, la ventana se abrió y apareció la hermosa figura de la esposa de sir Richard. Sus cabellos rubios, recogidos atrás con una cinta, parecían hilos de plata a la tenue luz del amanecer. Portaba en la mano una bujía, y al ver a su marido se alegró, pero comprendió que debería haber ocurrido ya lo inevitable. Indicó a los jinetes que despertaría al único criado que seguía viviendo con ellos, para que abriera el portón y llevara los caballos a las cuadras.

Al cabo de un rato, el caballero y su esposa se fundían en un emocionado abrazo. Sin fijarse en la presencia de Pequeño Juan, ésta dijo:

—Mi señor, lo hemos perdido todo. ¿No es verdad?

Pequeño Juan estalló en una carcajada que a la señora le pareció un gesto de insolencia, pero entonces, sir Richard explicó todas las aventuras e incidencias de aquellos dos días, y cómo podían respirar tranquilos y rehacer su hacienda.

Del patio de entrada ascendieron por una escalera señorial al piso superior, pero, al doblar el recodo de la escalinata, aparecieron seis muchachas, vestidas con largos camisones, que se lanzaron a abrazar a su padre, al que cubrieron de besos. Tanto al padre como a la madre de las lindas criaturas se le saltaron las lágrimas.

—¡Vaya colección de damiselas! —comentó Pequeño Juan—. ¡Dentro de unos años no podréis ni contar los nietos!

Aunque la madre les regañó por no estar en la cama a esas horas, las muchachas contestaron que habían estado inquietas toda la noche, porque sabían que en ese día su padre debía saldar la deuda, y por eso habían esperado toda la noche el trote de los caballos, indicando su regreso.

Por aquella vez se alteró el ritmo de vida. El caballero, su esposa y el enorme Juan pasaron a la gran sala, y el criado les sirvió un modesto desayuno. Las niñas, una vez perdieron la timidez inicial, comenzaron a jugar con Juan —al que preguntaron por qué había crecido tanto—, a perseguirle, a hacerle mil preguntas. Aquel hombre rudo, pero de alma infantil, disfrutaba llevando a caballito a dos o tres de las hijas de sir Richard.

Mientras tanto, el caballero contaba todos los detalles de su aventura a su esposa y a su hija mayor, que preguntaba mil y una cosas. El caballero no recordaba tanto. Si ese hombre llamado Robin Hood era apuesto, si estaba casado, si tenía hijos, si eran muchos sus hombres, si los frailes que vivían en Sherwood eran buenos y temerosos de Dios, y un sinfín de cosas más.

Sólo faltaba en aquella casa el hijo mayor y heredero de sir Richard, Hugo, quien había salido hacía apenas unas horas en dirección a la abadía, para comprobar si su padre había acudido, y, en todo caso, si se encontraba sano y salvo.

—Mi querido Juan —dijo el caballero al gigantón—, ya veis que mis hijas os han tomado como un compañero de juegos. Y, a fe mía, que no os desagrada jugar con ellas. ¿Por qué no os quedáis unas semanas con nosotros?

Juan se puso en pie y se acercó al caballero:

—Mucho me gustaría disfrutar de esta alegría y de este calor de hogar, sir Richard. Pero ya sabéis que he jurado servir la causa de Robin Hood, y mi lugar está entre ellos, en el bosque de Sherwood.

—¡Dios bendiga a Robin Hood! —dijo la esposa del caballero—. ¡Dios proteja a todos sus hombres!

—Ya sabéis que cumpliré mi palabra dada —contestó sir Richard— y dentro de un año devolveré al rey de los proscritos las cuatrocientas libras. Ahora ya están saldadas las deudas con los abogados, mi hijo Hugo está libre, y es un buen mozo que me ayudará a poner orden en mi hacienda.

Aquel día fue para Pequeño Juan un sueño maravilloso. Conoció al primogénito del caballero y recorrió las tierras de sir Richard, donde fue testigo de las muestras de afecto que le dispensaban los campesinos, que habían temido un cambio de dueño que les habría representado un cuantioso aumento de los tributos. Escuchó de labios de la hija mayor que gracias a Robin Hood se había salvado de un matrimonio «por conveniencias», porque había un acaudalado burgués de la ciudad vecina que le ofrecía su mano y se comprometía a ayudar al caballero a pagar las deudas. Comprobó la destreza del joven Hugo en el manejo del arco, y hasta recibió como regalo del joven una flecha tallada por él, lisa y dura. Hugo prometió a Pequeño Juan que cuando su padre acudiera al campamento, con el préstamo debido, él habría tallado cientos de flechas para todos los proscritos. Juan le preguntó si se encontraba en buenas relaciones con sus vecinos, y si aquella vieja historia de la pelea y de la muerte de un conde y de su escudero había quedado olvidada:

—Ya soy un hombre, señor Juan —contestó el muchacho—. Tengo veinte años, y cuando actué con tanta imprudencia no pude calcular el peligro en que me adentraba. Actué movido por el corazón, por el amor a la muchacha que entonces —era casi un niño— era mi único pensamiento y mi única ilusión.

—¿Y qué ocurrió con la doncella? ¿Fue ofrecida en matrimonio a algún otro señor?

—La doncella murió. Yo me encontraba entonces en una de las cárceles del *sheriff* de Nottingham, hasta que mi padre pagara todos los gastos legales del proceso. Dicen que murió de unas fiebres malignas. Yo creo que murió de tristeza.

—¿Y vos?

—Estuve a punto de poner fin a mis días. Pero, gracias a Dios, comprendí que si su alma había ido al cielo, cosa que yo no dudaba, no aceptaría desde allá arriba mi gesto de cobarde. Por eso pude superar aquel momento, y ahora me encuentro como nuevo. Mi gran ilusión es ayudar a mi padre y ayudar a los campesinos de nuestro feudo.

—¿Ayudarles? ¿Y cómo?

—Ya comprendo que los proscritos como vos tal vez no deseéis que los señores continúen disfrutando de tanto privilegio. Pero el señor que protege a su pueblo, que impide que sus tierras sean arrasadas por los esbirros de otro señor, o del propio rey, que imparte justicia y es el padre y tutor de todos ellos, ese sí que tiene derecho a existir.

—Sois todo un letrado. Parece que hubiérais estudiado en algún monasterio. ¡Como en el de Montcaduceus!

—No todos los señores son tan brutos y tan ignorantes como esos a los que el pueblo odia. Son tiempos difíciles para Inglaterra y cada uno debe estar en su puesto.

—Entonces, Hugo, no os invito a que os unáis a nuestros valientes en el bosque de Sherwood.

—Sí que me gustaría, sí. Pero, ¡ay!, cada uno tiene que cumplir sus obligaciones. De todos modos, mientras Dios nos dé vida, en este humilde castillo siempre seréis bien recibidos los proscritos de Robin Hood.

Para terminar la historia hay que decir que, al cabo de un año, aparecieron en el camino real, en el punto donde se inicia el escabroso sendero que conduce al campamento de Robin, sir Richard y su hijo Hugo. Portaban las cuatrocientas libras prometidas, cien libras más —que Robin no quiso aceptar— y cien preciosas flechas, talladas a mano por el caballero Hugo. La esposa de sir Richard había tejido una hermosa manteleta que Hugo ofreció a Mariana, la reina del bosque de Sherwood.

Y desde entonces, los proscritos tuvieron un refugio seguro, a cierta distancia de su base: el castillo de sir Richard at Lee.

VII

ROBIN Y LAS LEYES DEL BOSQUE REAL

Al llegar el invierno, la vida en el campamento de los proscritos se paralizaba. Mejor dicho, se escondía en las cuevas. No les faltaban los alimentos, pero era más difícil conseguir tributos de los burgueses, obispos y señores que transitaban por el camino real por la sencilla razón de que el mal tiempo, el frío y las nieves dificultaban las comunicaciones, y pocos se arriesgaban a recorrer largas distancias.

Durante unos días, Mariana se había ausentado del bosque de Sherwood para visitar a su padre en el castillo, ya que una extraña enfermedad le tenía inmovilizado en el lecho. Robin quedaba, pues, solo, y en sus ratos de ocio mantenía conversaciones con sus hombres, o acudía a la «abadía del bosque», como llamaban a la cueva donde vivían el hermano Tuck y el hermano Jorge.

En efecto, los dos religiosos se habían instalado juntos y parecían formar una extraña pareja. El hermano Jorge ya no era tan enclenque y débil como cuando llegara al bosque; la vida al aire libre, las aventuras y los peligros le habían curtido, e incluso le habían hecho ganar unos cuantos kilos. A pesar de ello, su afición por los bellos códices y las hermosas crónicas no había desaparecido y, aprovechando los botines de algunas campañas, había podido ir formando, en la cueva que le servía de morada, un pequeño *scriptorium* donde compilaba las aventuras de Robin Hood y enseñaba a leer y a escribir a todos aquellos valientes, ninguno de los cuales había podido ir en su vida a una escuela. El hermano Tuck, por el contrario, no había cambiado de aspecto en absoluto. Su promimente barriga soportaba por igual el frío del invierno que el calor del verano, la lucha o la ociosidad. Mientras su compañero Jorge se entregaba pacientemente a la decoración de las páginas de sus manuscritos, el hermano Tuck reparaba sus armas, blandiendo un enorme martillo, tejía y repasaba sayales y jubones, y de vez en cuando acudía a la bota de vino, que siempre pendía de un saliente de la roca. Todo esto lo hacía entonando cancioncillas de todo tipo, con una potente voz de bajo que destrozaba las notas y hacía irreconocibles las melodías.

Aunque los dos parecían diametralmente opuestos, la convivencia durante aquel largo invierno les había ido aproximando, y no era raro ver cómo el gordinflón enseñaba al otro a blandir el espadón —su arma preferida— o cómo el intelectual guiaba la torpe mano de Tuck por las páginas del manuscrito.

Como hemos dicho, los proscritos denominaban «abadía del bosque» a aquellas cuevas donde residían los dos frailes. Y aquella tarde de diciembre acertaron a pasar por allí Robin Hood, Will Scarlett y Much.

La conversación entre los cinco proscritos derivó hacia la dureza del invierno y las necesidades de los campesinos de la comarca. El hermano Tuck conocía prácticamente a todos los habitantes: los que residían en pueblos y aldeas, los que vivían en caseríos solitarios, granjas, molinos, chozas; los siervos de los distintos señores que se repartían el territorio. Y como la comunicación entre el bosque de Sherwood y las gentes humildes de los alrededores era continua, cada día había que aprestarse a socorrer a una viuda, a un hogar sin alimentos o a algún vasallo del conde Guido de Gisborne que había caído en desgracia.

En aquellas conversaciones, como el bosque estaba cubierto de nieve y el calor del fuego invitaba a la confidencia, los proscritos recordaban la vida que llevaron antes de ingresar en las filas de Robin Hood, y suspiraban por que llegara el momento dichoso en que, al regresar a Inglaterra el rey Ricardo Corazón de León, la justicia se impusiera y todos pudieran regresar a sus hogares.

Robin Hood preguntó al hermano Jorge cómo iba la recopilación de sus crónicas, y éste le contestó que no estaba muy contento:

—¿Por qué? —le preguntó Robin—. ¿No disponéis de todas las facilidades para escribirlas?

—Sí, sí, pero hay otra cosa. No acierto a explicarlo. Me parece que doy a todos mis escritos un aire muy serio, muy oficial.

—¿Y acaso hay otra manera de hacerlo? —preguntó Will.

—Yo antes creía que no. Que así se escribían las crónicas. Hasta que me fijé en las baladas que cantan nuestros hombres.

—¡Las baladas de Robin Hood! —murmuró el jefe, con un suspiro—. Son mi carta de presentación en todos los hogares donde la gente sufre, ¿no es así?

—Son las canciones de rebeldes —intervino el joven Much— mucho más vivas que esas historias interminables que nos canta Gilberto a la hora de irnos a la cama.

—Son obras del pueblo, que es tanto como decir obra de Dios, ¿no os parece? —dijo el hermano Tuck.

—Tenéis toda la razón, hermano —le contestó Jorge—. Son cancioncillas que nadie sabe de dónde salen, pero que se van corriendo de pueblo en pueblo y al final todos las conocen.

—Claro que una crónica es mucho más detallada, más bella —dijo Robin.

—Y, sin embargo —continuó Jorge—, todas esas baladas, esos romances del pueblo, están en la boca de todos, pero no en los libros. ¿No creéis que debería recogerlos todos?

—¡A buenas horas, calzas verdes! —contestó el hermano Tuck—. ¡Habéis estado perdiendo el tiempo rellenando páginas y más páginas y os habéis olvidado de lo más importante!

Robin Hood excusó al avergonzado hermano Jorge y le dijo que, si esa era su voluntad, de ahora en adelante recopilara las baladas.

—Lo que pasa es que luego me tendréis que contar la aventura que cuenta la balada, porque, con toda seguridad, el pueblo habrá cambiado algo...

Robin Hood no contestó. Se quedó mirando el fuego, preguntándose si alguna vez acabaría aquella vida de fuera de la ley, y si alguna vez, las baladas de Robin Hood no serían sino un recuerdo de los malos tiempos del pasado.

Como todos habían quedado silenciosos, el joven Much entonó una de las baladas que había oído a sus compañeros:

Conozco un curtidor que vive
cerca de Nottingham,
y nadie habrá que lo derribe
desde el Ouse hasta el mar.

—Esa, esa es la verdadera historia —dijo el hermano Jorge—. La que crea el pueblo. La que canta el pueblo. Sigue cantando Much. Nunca la había escuchado entera.

—¿Y luego qué, hermano? ¿Piensas copiarla, o piensas escribir una crónica?

—Tú cántala de principio a fin, y aprovechando que está aquí la plana mayor, si hay alguna duda en lo que nos cuentas, preguntaremos a los verdaderos protagonistas. Porque si no recuerdo mal, esta debe ser la historia de nuestro juglar Gilberto, ¿no?

—La misma, caballeros —dijo Robin Hood—. Esta es la balada que cuenta cómo conocí a Gilberto, y cómo ingresó en nuestras filas. Hace de eso cierto tiempo.

—¡Venga, Robin! Cuéntanosla tú de principio a fin —dijo ahora el fraile Tuck—. ¿Para qué nos sirve la balada si tenemos aquí al héroe, con tiempo para distraer a sus amigos?

—No sé si a Much le importará...

Pero Much, al oír que Robin Hood iba a contar una de sus aventuras —cosa que hacía raras veces— se sentó a los pies de su jefe, saboreando el placer anticipado de la aventura, y dijo:

—¡Me he olvidado de la balada en este mismo momento! Así que, para que el hermano Jorge tenga tema mañana...

Todos rieron de la ocurrencia del joven, y entonces, Robin empezó a contarles una de sus aventuras, la del juglar Gilberto, conocido en aquellos tiempos como el curtidor Gilberto.

—Porque habéis de saber —inició Robin Hood su relato— que cada uno de los hombres que me sigue ha llegado a nuestras filas de forma distinta, aunque todos lleven en su corazón el odio a la injusticia y el deseo de ser fieles a nuestro único rey verdadero.

—Cuando conocí a Gilberto, yo me había ausentado del campamento, y no llevaba conmigo más arma que un buen palo de roble. Iba por el camino real esperando una nueva aventura, o algún desafuero que corregir, cuando vi llegar una carreta tirada por caballos, y guiada por un personaje muy delgado, que al tirar de las riendas de sus animales parecía descoyuntarse. Se notaba que su profesión era la de curtidor, o tratante de cueros, porque colgaban por todo el carro pieles de muchos tamaños y colores. Era de esos comerciantes que compran los pellejos a los campesinos a bajo precio, los curten en su casa o los llevan a curtir a un artesano, y luego los venden, convertidos en hermosas pieles, a muy buenos precios.

»Recuerdo que cuando pasó a mi lado, le pregunté si no llevaría agua, porque estaba sediento y no había encontrado ninguna fuente por allí cerca.

—¿Y qué imaginó que érais? —preguntó Much.

—Supongo que me tomó por un campesino. No llevaba arco ni

flechas, y además iba vestido de color pardo, no con nuestro uniforme verde.

»El caso es que, para divertirme un rato, le pregunté si era tratante de cueros, a lo que me contestó que sí. Entonces le dije que se acercaban malos tiempos para los de su profesión, porque el regente había promulgado una orden por la cual a todo tratante de cueros que se emborrachara se le llevaría inmediatamente a la cárcel y se le daría cien latigazos.

—¿Y por qué tuvisteis que mentirle? —preguntó el hermano Jorge.

—Era una broma, hermano. Y luego veréis el porqué. El caso es que seguimos conversando, y me confesó que se adentraba por los bosques de Sherwood para hacer un negocio que podría producirle muy buenos dineros, ¡nada menos que quinientas libras! El negocio, me dijo, se lo había encomendado el *sheriff* de Nottingham, y en su opinión era muy sencillo: capturar a Robin Hood.

Todos prorrumpieron en carcajadas. ¡Cuántos se habían atrevido a capturarlo y no habían podido ni acercarse a sus escondrijos!

—Entonces yo, con una cara de tonto perfecto, le dije que podría ayudarle en esa empresa. «Si me dais cien libras de esas quinientas que os han prometido —le dije—, os presento a Robin Hood solo y desarmado.» «¿De verdad? —me contesto—. ¿Y cómo podréis conseguirlo?» Entonces le conté que por pura casualidad había oído la conversación de dos campesinos, de los que sospechaba que tenían tratos con los hombres de Sherwood, que sabían que aquella tarde, Robin Hood iría a la taberna del Pájaro Verde, de York. Entonces, el bueno de Gilberto dio media vuelta a su carreta y emprendió el camino hacia York. «¿Cómo me indicaréis quién es él?» «Cuando me hayáis pagado las cien libras —le dije— os lo señalaré con el dedo. Y estoy seguro de que irá desarmado.»

»Continuamos nuestro camino y llegamos a York, a la posada. Como el posadero me conoce bien desde aquellos días en que sir Richard at Lee y Pequeño Juan se detuvieron allí, al entrar le dije al oído lo que tenía que hacer y que, en principio, era no reconocerme y tratarme como a cualquier cliente. Gilberto dejó el carro al cuidado de unos muchachos, y ambos entramos en la posada. «¿Qué? ¿Ya han llegado?» me preguntó al oído. «No, hermano, no. Tal vez se retrasen un poco, pero lo mejor será quedarnos en este rincón y beber unas buenas jarras de malta y de cerveza para pasar el rato.» Dicho y hecho: el ventero nos trajo abundantes dosis de líquido, y yo dejé que las fuera vaciando y poco a poco comenzara a sentir la melopea. El curtidor Gilberto hablaba ya con dificultad y comenzaba a sentirse en otro mundo. Entonces esperé hasta que cayera al suelo, y entonces le dije: «Compañero, he cumplido la palabra que te había dado. Estoy delante de ti sin armas, y tú llevas un buen puñal y además la orden de captura del *sheriff* de Nottingham en el bolsillo. ¿Me entregas ya las cien libras prometidas?» Claro que el curtidor no sé si llegó a enterarse de lo que le dije, porque estaba totalmente borracho. Alzó un poco la cabeza, me miró con ojos en blanco y volvió a caer de nuevo, con un gruñido, sumiéndose en su sopor total. Entonces rebusqué en sus bolsillos y encontré el documento del *sheriff* que ya conocéis: el proscrito, el caballero fuera de la ley, etcétera.

—¿Ya se ha acabado la historia? —preguntó Much, algo insatisfecho porque esta vez no había habido peleas, luchas ni disparos de flechas.

—No, no, la historia continúa. Parece ser que cuando Gilberto despertó de su borrachera el ventero le dijo que en efecto yo era Robin Hood y que esas historias de que le habían robado y le habían arrebatado el documento del *sheriff* no se las creía. Que lo único cierto era que él era un ventero honrado, que *El Pájaro Verde* era un lugar de caballeros, y que él, Gilberto, había violado aquellas normas entrando con un forajido. De todas formas, no avisaría al *sheriff* si pagaba la cuenta.

Gilberto pagó. ¡Imaginad con qué rabia salió de la posada! Haciendo crujir su carreta se lanzó en mi persecución. Cuando me vio por el camino, cantando y jugando con la vara de roble, bajó del carro y vino hacia mí con su puñal: «¡Villano, estafador, traidor! Devolvedme el documento del *sheriff,* Entregaos ahora mismo a la justicia». Yo le dije que la justicia pudo haberme detenido, pero que el alcohol se lo impidió. Esto le encolerizó aún más, y se disponía a atravesarme con su puñal. Pero yo, que soy más hábil que Gilberto...

—De eso no hay ninguna duda —apostilló el hermano Tuck—. Todos lo hemos probado.

—Como os decía, logré asirle del brazo y aprovechar el mismo impulso con que se lanzaba sobre mí para desviar el golpe y hacer que cayera al suelo. Entonces el puñal saltó de su mano. Yo lo recogí y le dije: «Una pelea tiene que ser entre iguales. Os propongo que uséis este puñal para cortaros una buena vara de un roble, y peleemos como caballeros».

—¿Y él aceptó? —preguntó Much, emocionado ya por el relato.

—Naturalmente. Así que empezamos una pelea a bastonazos que duró dos horas, o quizá más. Gilberto, aunque de apariencia estrafalaria, era un hombre muy hábil. Sabía esquivar los golpes y aprovechar un descuido del adversario para cargar contra él.

—Ganaríais vos la pelea, claro está —dijo el hermano Jorge, que intentaba recordar todos los detalles para luego pasarlos a una página limpia de pergaminos.

—Pues os equivocáis, hermano. No ganó nadie. Quiero decir que al cabo de dos horas estábamos destrozados. Nos corría la sangre por la cara. Tantas veces nos habíamos lanzado al suelo, que el barro del camino era nuestra segunda piel. Creo que tanto él como yo deseábamos que aquello terminara en tablas, sin vencedor ni vencido. Mientras peleábanos, nos íbamos estudiando, y creo que él se dio cuenta de que había encontrado un luchador de su talla. Por eso, cuando dije que reconocía su valor y que no valía la pena seguir matándonos, aceptó mis palabras.

—¿Así se acaba esta hazaña? —preguntó el hermano Jorge.

—El volvió a insistir en que la pelea había sido divertida, pero que se quedaba sin sus quinientas libras. Yo le dije que si se unía a mis hombres ganaría muchas libras más. Y que nos iría bien tener un curtidor. Entonces fue cuando me confesó que no tenía ni idea de ese oficio, que él era un juglar y un músico, pero que aprovechando las circunstancias consiguió esa carreta repleta de pieles y se disponía a sacar el máximo beneficio de ella.

—Y colorín colorado, este cuento se ha acabado —intervino el hermano Tuck—. Y para que todo se acabe, voy a proponer una ronda de vino de mi bota número uno.

Bebieron todos unos tragos, y luego Will Scarlett, comentando la temporada invernal porque atravesaban, dijo a los demás:

—Ahora hay que estar prevenidos, porque el *sheriff* y el conde Guido intentarán que todos los campesinos cumplan las leyes del bosque real.

—¿Las leyes sobre los ciervos, decís? —preguntó Robin.

—Sí. Muchos campesinos pasan hambre en el invierno, y la solución más fácil para alimentar a una familia es cazar un ciervo del parque real —continuaba Will—. Y todos conocéis las leyes.

"... Robin llegó a la pista del torneo cuando éste estaba en pleno apogeo. Los tiradores iban interviniendo, intentando acertar el blanco situado a una inmensa distancia.Hasta ahora, la mejor puntería era la del último, un hercúleo guarda forestal del rey..." (pág. 51)

—Sí, las crueles leyes del Regente —dijo Robin—. La primera vez que un guarda descubre a un campesino cazando un ciervo de los parques reales, le cortan tres dedos de una mano; la segunda vez le queman los ojos al rojo vivo.

—Son leyes que repugnan a la justicia divina —indicó el hermano Jorge.

—Por cierto, esto me recuerda... ¿cómo fue, Will? Aquella vez en que salvamos a tres campesinos de perder la vista. ¡Hace ya tanto tiempo!

—¡Contad esa historia, señor! —Much estaba entusiasmado, y no deseaba que acabara nunca la velada—. ¡Contadla!

Robin acarició el cabello del muchacho, y le dijo:

—Sólo por esta vez. Pero no te acostumbres mal, que nosotros no somos viejas cotorras que recuerdan su pasado, sino hombres de acción. Como digo, es una excepción...

—... que merece otro trago —añadió el hermano Tuck—. Jorgito, ¿alcanzas a esta ilustre concurrencia mi bota de vino número dos?

Hecha la ronda de un vino, que resultó más fuerte y más cabezón que el anterior, Robin contó la siguiente historia:

—Me encontraba cazando venados cerca del arroyo de Smitfield. Recuerdo que había divisado un ciervo moteado, y estaba con el arco tenso siguiendo sus movimientos. El viento soplaba hacia mí, y el animal no se había dado cuenta de que un hombre le seguía. Entonces oí a alguien que se acercaba. Me dio rabia, porque perdía una buena presa, pero no tuve más remedio que esconderme entre los matorrales y observar. Se trataba de un mendigo, de bastante edad, vestido con una colección de restos de túnicas y sayales, remendados de cualquier manera, todo ello raído por el sol y por los años. Además, como sombrero portaba una especie de solideo, con sus inevitables remiendos.

—Un príncipe de la casa de la mendicidad, vamos —dijo el hermano Tuck, que se frotaba las manos para calentárselas.

—El mendigo se dirigió hacia el arroyo para beber agua, y entonces salí a su encuentro para pedirle el tributo debido a los hombres del bosque de Sherwood.

—Nunca he entendido —intervino el hermano Jorge— por qué pedís tributo a los mendigos y pordioseros. Los pobres no tienen ni dónde caerse muertos.

—Sois demasiado ingenuo, hermano Jorge —dijo Will Scarlett—.

Hay muchos que, vestidos de mendigos, se dedican al robo y al pillaje. En cierta ocasión tuve que perseguir a uno, por otras razones que no son del caso, y al registrarle encontré sus bolsillos repletos de libras y de joyas.

—Ya sabéis, hermano Jorge, que quien demuestra que no lleva nada encima, pasa felizmente por el bosque y hasta, si llega a la hora oportuna, cena con nosotros gratis.

—Es cierto, Robin Hood. Pero proseguid.

—Entonces me confesó, azorado, si sabía dónde se encontraba Robin Hood. Me hice el ignorante, pero me confesó que al pasar por una aldea, la que llaman precisamente Smitfield, el nombre del arroyo, vio a varios soldados del *sheriff,* y al mismo *sheriff* de Nottingham, y un grupo de aldeanos asustados. Los hombres del *sheriff* habían capturado a tres hombres que cazaban ciervos del rey, y se disponían a dejarles ciegos.

—Habrían sido capturados por segunda vez... —dijo con aire inocente el hermano Jorge.

—No, hermano, no. Era la primera vez que lo hacían, pero como el *sheriff* no halló nada que robarles, prefirió divertirse un poco y asustar a los habitantes de la aldea. Yo me acerqué a los espectadores, que protestaban por la crueldad y la tiranía del *sheriff,* pero que poco podían hacer, ya que los soldados, a caballo y con largas alabardas, les impedían el paso. Tenéis que recordar que mi aspecto era bastante miserable y que el sombrero remendado me cubría el rostro.

—Entonces —prosiguió Robin— apareció el verdugo, cubierto por un negro capuchón que sólo dejaba los ojos al descubierto. Los tres infelices estaban atados a un árbol y observaban con horror cómo el verdugo calentaba, en un hornillo próximo, los dos hierros con que debían quemarles los ojos. Los campesinos gritaban y maldecían al *sheriff,* pero éste se reía, sin dejarse conmover por las súplicas. El caso es que la muchedumbre empujaba, y el círculo en torno al verdugo y a los condenados se hacía cada vez más estrecho. Cuando el verdugo calculó que los hierros estaban a punto, y los cogió con esos guantes especiales que usan para la ocasión, dio unos pasos atrás para comprobar el color del hierro y entonces yo, como impulsado por los campesinos, tropecé con él y caímos los dos al suelo.

—Claro que no sería un tropezón infantil —matizó el hermano Tuck.

—Claro que no. Caí con todo mi peso, y creo que le rompería alguna costilla. Al caer, uno de los hierros le quemó todo el brazo y le hizo aullar de dolor. Los soldados intentaron apresarme, y yo dejé que me arrastraran hasta el *sheriff,* sin oponer la menor resistencia. Cuando éste me insultó y me dijo que por qué había hecho aquello, le contesté con esa voz de viejo que a veces me gusta imitar...

—Con vos se ha perdido un gran juglar y un gran comediante, amigo —le dijo Scarlett—. Y a fe mía que disfrutáis cuando representáis un papel como ése.

—Me conocéis bien, Will. Con mi voz plañidera dije que los campesinos me habían empujado y que había caído sin darme cuenta sobre el verdugo. Que estaba avergonzado y arrepentido, y que haría lo que el *sheriff* me dijera.

Y entonces ocurrió que como el verdugo seguía gimiendo y llorando, los soldados comprobaron que tenía el brazo deshecho, y se lo llevaron para ponerle aceite y ungüentos y procurar salvarlo. El *sheriff* me dijo entonces que si quería salvar mi pellejo tendría que hacer el papel del verdugo. A lo que me ofrecí de buen grado.

—Me imagino el resto de la aventura —dijo Will—. No es la primera vez que hacéis justicia con las mismas armas de los opresores.

—Coloqué de nuevo los hierros en el brasero, y le dije al *sheriff* que iba a comprobar que los culpables estaban bien atados al árbol, porque tenía miedo que se abalanzaran sobre mí si, en ese tiempo, los nudos se hubieran aflojado. Me acerqué, pues, a ellos, y con todo disimulo les aflojé sus ligaduras. Luego volví al brasero y esperé hasta que los tizones dieran a los hierros su poder maléfico. Mientras tanto, los campesinos, que no podían suponer que allí había trampa, me maldecían y maldecían a todos mis antepasados. Sin hacer caso a nadie, y con toda calma, cuando considere que los hierros estaban a punto, me puse los guantes y sujeté uno en cada mano. Me acerqué a los condenados, levanté las manos, dirigiendo uno a cada uno de los ojos, y entonces...

—Entonces, ¿qué? —preguntaba Much, que bebía la aventura de los labios de Robin.

—Entonces di media vuelta con gran rapidez y pinché con los hierros los hombros del soldado que montaba guardia detrás de mí. Este cayó al suelo. Yo le saqué la espada del cinto y, tan rápido como el viento, me acerqué hasta el *sheriff* y le puse la espada al cuello. Los soldados, que tenían ahora que impedir que los campesinos los arrollasen y que impedir la fuga de los condenados, quisieron avanzar contra éstos, pero el *sheriff* gritó: «¡No les ataquéis, imbéciles! ¿No veis que mi vida está en peligro?» Los campesinos se soltaron fácilmente de las ligaduras y echaron a correr internándose en el bosque. Yo ordené entonces al *sheriff* que dijera a sus hombres que regresaran a Nottingham y que él quedaría de rehén en aquella aldea hasta que nos informaran que, en efecto, los soldados estaban lejos y no volverían.

—¿Y por qué no le matasteis en aquel momento, con lo fácil que lo teníais? —preguntó Much, emocionado.

—¿No sabéis —intervino Will— que nuestro jefe no es un asesino y que no hay que demostrar que nuestra empresa es obra de salvajes?

—Tienes razón, Will. En aquella ocasión salvé la vida de tres hombres, y aunque permití que el *sheriff* regresara a su ciudad, nunca más ha vuelto a molestar a los habitantes de aquella aldea.

—Ojalá aprenda el *sheriff* y comprenda qué es la verdadera justicia.

—Es muy difícil que el árbol torcido se enderece —contestó Robin—. Y ahora, señores y amigos, creo que ha llegado la hora de retirarnos. Mañana... ¡quién sabe qué nueva aventura nos deparará el cielo!

VIII

EL «SHERIFF» BURLADO

La Navidad estableció una tregua de paz entre los hombres del bosque de Sherwood y sus enemigos. Por unos días pocos hombres quedaron en el campamento, ya que en esas fiestas todos acudían a visitar a sus familias y a gozar con ellos la ilusión de un hogar feliz. Ilusión que sólo duraría unos días, porque el país seguía sufriendo la injusticia de los señores, y la acción de Robin Hood y sus proscritos era necesaria.

Robin acudió al castillo de lord Fitzwalter, donde su esposa ya llevaba varias semanas atendiendo al anciano caballero. Este, postrado en el lecho, no parecía responder a ninguno de los síntomas de enfermedad conocidos, y, sin embargo, la extrema flaqueza le impedía ponerse en pie. Hablaba con fatiga, pero su estado general parecía normal, y ni empeoraba ni mejoraba. Acudieron varios famosos médicos de la comarca, e incluso gastaron su fortuna trayendo doctos especialistas de la lejana Londres. No sirvió de nada. Tampoco hicieron efecto las rogativas, ni las misas, ni las ayudas espirituales. Mariana estaba desconcertada; pero temiendo que algún día pudiera pasar al otro mundo, no se atrevía a alejarse de su lado.

Robin acudió al castillo, pero oculto, y utilizando una entrada secreta que su esposa conocía bien. También le acompañaron los «abades de Sherwood», los hermanos Jorge y Tuck. Aunque todos los proscritos estaban perseguidos por la justicia, era poco probable que en aquellos días de Navidad el conde Guido, el Justicia Mayor, el *sheriff* de Nottingham o algún otro de los enemigos de Robin osaran presentarse con hombres armados ante los muros del castillo.

Los demás hombres salieron sigilosamente de los campamentos y cuevas secretas y se esfumaron en las noches de invierno para visitar sus hogares. Algunos acudieron al castillo del buen Richard at Lee, donde el heredero Hugo y sus hermanas les colmaron de atenciones y de platos suculentos. Unos pocos pasaron la Navidad en los caseríos y aldeas vecinas al bosque de Sherwood, con la misión de proteger todos los bienes y tesoros de los proscritos. En realidad era difícil que el enemigo aprovechara la desbandada para robarles, porque, si lograba encontrar el claro de bosque del gran roble, allí no vería más que nieve, árboles y matorrales. Todo el campamento estaba recogido, oculto en las cuevas, que, cerradas con enormes rocas, como mordazas naturales, a nadie revelaban sus secretos. Los caballos y los perros los habían diseminado entre muchas granjas y caseríos, prestos para recogerlos de nuevo cuando pasara el año nuevo.

Y así llegó la Navidad, que fue celebrada en pueblos y ciudades. Los juglares recorrían las calles, los saltimbanquis montaban espectáculos en las plazas, y, delante de la catedral, se representaba un drama religioso sobre la vida de Cristo.

En la ciudad de Nottingham, la más próxima al bosque de Sherwood, había una gran animación. Los señores feudales que tenían posesiones en la comarca solían disponer también de un palacio dentro del recinto amurallado, y algunos preferían pasar la fiesta en la ciudad antes que en su castillo. Sin embargo, la casa más ostentosa de toda la ciudad era la del representante del rey en el condado, el *sheriff*, enemigo de Robin Hood tanto porque tenía que obedecer las órdenes del príncipe Juan como porque, personalmente, sentía un odio furibundo hacia el rebelde.

El *sheriff* tenía pocos amigos. El abad de Santa María de Montcaduceus, el conde Guido de Gisborne, el Justicia Mayor y algún que otro señor feudal que se veía obligado a aparentar amistad para no topar con su fuerza o con su resistencia. En Navidad, sin embargo, los habitantes del condado criticaban menos al *sheriff*, porque la nieve y las festividades le obligaban a detener por unos días sus peregrinaciones. En efecto, solía el *sheriff* cada quince días establecer su corte de justicia en uno u otro punto del condado, y era costumbre que tanto él como toda su numerosa comitiva se hospedaran en el palacio o el castillo más opíparo. La presencia de todos esos invitados a la fuerza que, además, disfrutaban avasallando a sus huéspedes, era un castigo para grandes y pequeños. Como representante del rey impartía justicia, apoyado por el Justicia Mayor, y podía interpretar las leyes a su gusto. Se comprende que no fuera un hombre muy agradable.

Pero eso no era todo. Parecía contrario a la naturaleza humana, porque en su boca estaba el improperio y el denuesto antes que el halago, y parecía que nunca hubiera conocido la sonrisa. Costaba imaginar que alguna vez aquel hombre había sido niño.

En Navidad la casa del *sheriff* rebosaba actividad. La cena de Nochebuena tenía que ser una cena opípara, y a ella tenían que acudir muchos señores y magnates. No por amabilidad, ni mucho menos, sino porque, acabados los postres, el *sheriff* les diría, como les había dicho todos los años:

—¡Qué bien que les trato, señores! ¡No se han dejado ni un hueso! Y luego, cuando voy a visitarles a sus casas, ¿cómo me tratan a mí? ¡A ver si aprenden y mejoran mis recetas! Y, a propósito, creo que el primer tribunal de justicia del año próximo lo erigiré en Barnsdale. ¿No se alegra, querido Federico?

Con una cena al año el *sheriff* pretendía pagar las veinte o treinta que recibía de los señores y burgueses. Además, era costumbre —costumbre impuesta a la fuerza, claro está— que cada invitado a la cena del *sheriff* tenía que llevar «un regalito» al huésped y otro a su hija, una muchacha tan fea como el padre, regordeta, de hablar gangoso, que había llegado a los veinte años y «a la que tenemos que casar», como decía el padre, estudiando a los invitados y recordando los hijos solteros que tenía.

Pero eso era cosa de todos los años, un mal menor que las pestes o las enfermedades. Y la ciudad de Nottingham vivía alegremente, aunque el *sheriff* no perdiera su cara avinagrada de todos los días del año, ni su hija dejara de ser el blanco de las burlas de todas las comadres.

El *sheriff* tenía dos proyectos para el año próximo: casar a su hija y acabar con Robin Hood. En esto último coincidía con el conde Guido, pero le molestaba los aires de sabiduría que el conde se daba. En efecto, era un hombre con más estudios que el *seriff,* que no tenía ninguno y difícilmente podía leer las órdenes que recibía del rey. Era joven, apuesto, amigo del príncipe Juan, con buena fortuna... es decir, una pareja perfecta para su hija Ermengarda. Pero cierta vez que le insinuó el proyecto de matrimonio, el conde apenas si disimuló su desdén. Y contra el conde más poderoso del territorio nada podía. Por eso debería acabar con Robin Hood solo, sin pedir ayuda a nadie. Pensaba también que si fracasara en la empresa podría ocultarlo, o dar su propia versión de los hechos, sin arriesgarse a un fracaso con el conde como testigo.

Con esos dos proyectos a la vista, pensó que sería bueno recorrer su territorio en frecuentes visitas, para encontrar traidores al proscrito o bien hombres de Robin Hood a los que corromper. El *sheriff* tenía una noción muy pesimista del ser humano, y pensaba que no hay en esta vida nada que no tenga un precio. El oro ablanda conciencias y cambia a los hombres. Por eso guardaba, en una hermosa arqueta oculta bajo una losa de su dormitorio, una buena colección de monedas de oro. Serían la dote de su hija, que es tanto como decir el precio con que comprarle un marido.

Para recorrer el territorio necesitaba un guerrero o un servidor fiel, musculoso, de gran talla, que le sirviera de guardaespaldas. Y en su casa no tenía a nadie que cumpliera esos requisitos. Era una de sus preocupaciones: ¡los veo a todos tan bajos, tan raquíticos, tan miserables!

Cierto día, pasada ya la cena de Nochebuena, estaba el *sheriff* asomado al balcón de su casa contemplando el bullicio de la casa, murmurando entre dientes que los pobres diablos estaban locos, porque no hay razón de alegrarse de nada, cuando divisó a dos de sus criados a la puerta de una taberna, acompañados por el criado de algún noble, gastándose bromas y conversando animadamente. Los tres hombres se dirigieron luego hacia la casa del *sheriff,* y el que no era su criado pareció despedirse de los otros. Pero el *sheriff,* desde el balcón, le pidió que subiera.

Cuando estuvo ante él se dio cuenta de que había encontrado a su hombre. Era tan alto que casi rozaba el techo. Los brazos y el pecho mostraban una abultada musculatura y parecía bastante ágil y diestro. Le preguntó si sabía manejar las armas, a lo que el criado contestó, riendo, que hasta aquel día sólo un hombre había logrado vencerle con la espada, con la cachiporra o con el arco. Entonces le preguntó a qué señor servía. El mozo contestó:

—Soy criado de sir Richard at Lee, y he estado a su servicio durante tres años.

—Y ¿cómo os llamáis, buen hombre, y dónde nacisteis?

—No sé dónde nací. Me han dicho que en Holderness. Y me llamo Ricardo Greenleaf.

—Bueno, bueno, bueno. Si pasas a mi servicio te pagaré veinte marcos de plata. ¿De acuerdo?

—No lo sé, señor. La oferta me parece buena, pero tendría que obtener el permiso de mi señor. Si él no acepta, me siento obligado a permanecer con él.

—Naturalmente, hijo mío. Pregunta a tu señor. Pero ten en cuenta que es una buena paga. Además, sólo te necesito durante cuatro meses, hasta Pascua de Resurrección. Luego puedes volver con él.

El criado musculoso volvió al cabo de un día con un saco donde guardaba todas sus pertenencias para decir al *sheriff* que su amo no había puesto ningún inconveniente y que podía quedarse en la ciudad.

El maestresala condujo a Ricardo Greenleaf al dormitorio de los criados, y le señaló un jergón y un armario. Mientras arreglaba el colchón de paja y colocaba sus escasos enseres en el armario, Ricardo pensaba: «¡Ya verá el sherrif qué criado le va a salir!».

Así comenzó la vida de Ricardo en el hogar del antipático sheriff. Tal vez era el criado más mimado de todos, porque en las primeras semanas el *sheriff* le mandó que se entrenara con el estoque, que cortara la leña necesaria para la cocina y que se mantuviera en buena forma. Luego Ricardo se convirtió en el acompañante continuo del *sheriff* en todas sus correrías para impartir justicia o para comprobar que el bosque del rey no era violado por campesinos en busca de leña o de un buen ciervo para saciar el hambre.

Y el *sheriff* empezó a dudar de que realmente los hombres de Robin Hood anduvieran por la comarca. Oyó algunos rumores de que habían trasladado su campamento a Barnsdale. Podía ser cierto. Pero la banda debía seguir actuando en algún lado, porque sus espías le habían contado que, tan pronto como llegó la fiesta de los Reyes Magos, los dos frailes habían partido del castillo de lord Fitzwalter e, incluso, se contaba que Mariana había partido con ellos.

Así pasaron varios meses. Ricardo Greenleaf pasó a ser un personaje conocido en la ciudad, e incluso se comentaba que la criada de la casa de los señores Monthill, que estaba frente a la del *sheriff,* suspiraba de amores por aquel inmenso criado.

En el seno de la familia del *sheriff,* los demás criados no veían con buenos ojos al recién llegado. No le aceptaban porque tenía un trato especial; era mimado por el amo, y no se ocupaba de las pesadas tareas domésticas. Además, les extrañaba que, cuando ellos criticaban la cicatería y el despotismo de los señores, Ricardo callara. Tal vez —pensaba el viejo maestresala— se proponía ahorrar algunos dineros para luego volver con su antiguo señor, sir

Richard at Lee, y por eso, con mucha prudencia, no quería inmiscuirse en cosas que no le importaban.

También les extrañó que, cuando —en raras ocasiones— los señores iban de visita y no reclamaban la presencia de Greenleaf, éste recorriera todos los aposentos de la casa e investigara todos los rincones. Una vez sorprendió el maestresala al gigantón observando los detalles del dormitorio de los amos, y Greenleaf le contestó que, como se ocupaba de la seguridad personal del *sheriff,* tenía que conocer a fondo la forma de defenderlo en caso de ataque o las posibles entradas secretas a la casa.

Pero Greenleaf era bastante callado, y todos esos rumores sobre su persona no alteraban el ritmo de vida diario. El *sheriff* le tenía en muy alta estima, y atribuía a su fuerza física el hecho de que en los primeros meses del año no hubiera tenido ningún sobresalto ni los proscritos le hubieran gastado ninguna broma.

Porque, conforme los largos días de invierno fueron pasando, resultó claro que en el campamento de los proscritos se había reanudado la actividad. Los espías del *sheriff* le contaban que en tal aldea liberaron a un niño, preso por haber robado leña del bosque real, que en una vaguada ayudaron a una viuda sin recursos, que en el Camino Real fue asaltado un compañero que, cargado de doblones, se dirigía a la ciudad.

Y así ocurrió que un buen día de febrero, de esos en que el sol invernal alivia el frío acostumbrado y presagia un nuevo cambio de las estaciones, el *sheriff* decidió ir de caza sin ninguna compañía. Se sentía bastante seguro, y a la vez que disfrutaba persiguiendo jóvenes venados podría comprobar la eficiencia de sus guardas forestales. Tenía ciertas vagas sospechas de que aquella tranquilidad que acompañaba sus paseos en compañía del criado musculoso no acababa de poderse explicar. Y tal vez, yendo solo y disfrazado, averiguaría si realmente los guardas cumplían su deber y mantenían el bosque libre de furtivos y de usurpadores de las propiedades del rey.

Ricardo despertó tarde aquella mañana. Se desperezó y disfrutó de los primeros rayos del sol invernal, mientras pensaba todo lo que se había propuesto hacer en ese día en que su amo le daba libertad total.

En el dormitorio de los siervos, donde ocupaba un jergón vecino a la puerta, sólo estaba él, ya que los demás criados se habían levantado, como de costumbre, a las seis de la mañana, con el primer toque de campanas de la catedral. Extendido cual largo era disfrutó del dulce placer de no hacer nada y de dejar que le llegaran los ruidos de la cocina, del corral, de la cuadra, de la calle, donde todos se afanaban como hormigas incansables. Pero junto con el ruido también le llegaban los olores, y, sobre todo, unos olores deliciosos a pasteles recién sacados del horno. Esto le despertó el apetito. «¡Vaya, vaya! —pensó—. ¡Necesito reponer mis fuerzas, porque me espera un día muy agitado.»

Dicho y hecho. Bajó al corral, se lavó en una alberca, dijo una galantería a una de las criadas, que limpiaba el gallinero, y entró en la cocina abriendo la puerta de golpe.

—¡Cocinero, mi desayuno! —gritó, sentándose ante la mesa, repleta de carnes, verduras y cacerolas.

El cocinero tenía bastante manía a Ricardo por los mimos de que era objeto, y le dijo:

—¿Qué se ha creído el señorito? ¿Que es algo más que nosotros? Si quieres desayunar, ahí queda un poco de avena y algunas bellotas. El agua fresca, en la fuente del patio.

Ricardo se acercó al cocinero, le agarró del cuello de su camisola blanca, lo levantó en vilo y le dijo:

—O por las buenas o por las malas. Quiero lo mejor de la casa.

El cocinero, perplejo y asustado, colgando del brazo de Greenleaf como un guiñapo, aún pudo dar al gigantón un puñetazo en la mandíbula, que hizo que éste retrocediera:

—¡Caramba con el enano! ¡Y yo que creía que no tenía músculos!

Se lanzó sobre él, tropezando con varias tinajas de aceite, que derribó, pero el cocinero ya estaba en guardia dispuesto a esquivarle. Sin embargo, al enterarse de la pelea, habían acudido a la cocina todos los criados y criadas de la casa, y a duras penas pudieron separar a los dos contendientes. El maestresala, que quedaba al frente del servicio en ausencia del *sheriff*, puso orden, y, sabiendo que su amo le había dicho que había que mantener fuerte a Greenleaf, ordenó al cocinero que le pusiera un buen desayuno y, naturalmente, algunos pastelillos recién hechos.

Aunque mientras el gigantón tragaba todos los alimentos que se le habían puesto delante hubo cierta calma en el servicio, cuando, acabado su ágape, se disponía a salir al patio interior, el cocinero se le acercó y le dijo:

—Me ha parecido que querías medir tus fuerzas con las mías y que querías valerte de tu talla para humillarme. Si eres hombre, ven conmigo detrás del patio de la casa, al prado, y haremos una pelea a espada.

Greenleaf se quedó sorprendido. ¡A espada! El cocinero, por lo visto, no era el enano enclenque que le había parecido durante los meses que llevaba al servicio de la casa. Greenleaf aceptó el reto.

Salieron a escondidas, porque estaba prohibido que los siervos se batieran en duelo. Y, bajo la luz alegre del sol de invierno, iniciaron su pelea, lejos de miradas indiscretas. El gigante tenía más potencia y sus golpes eran más temibles, pero el cocinero daba muestras de una extraordinaria habilidad y sabía saltar y hacer fintas inesperadas. A Ricardo le costaba sortear aquel demonio, y sólo pensaba que se agotaría antes que él.

Al cabo de una hora, arañados, sangrando por todas partes, y satisfechos de haberse demostrado mutuamente que tanto vale la fuerza como la astucia, dejaron de luchar y se dieron un apretón de manos.

—Amigo —le dijo Ricardo—, un hombre como tú debería estar al servicio de otra causa más noble, porque eres uno de los mejores espadachines que he conocido.

—¿Al servicio de qué causa?

—Al servicio de mi señor Robin Hood. Si quieres venirte conmigo, esta noche podemos estar en el bosque de Sherwood. Pero antes tengo que recoger los regalos que nuestro *sheriff* le envía.

El cocinero le miró sorprendido, luego comprendió el sentido de las palabras, estalló en una carcajada y le prometió que a partir de aquel momento podía contar con su imperecedera amistad.

Mientras tanto, el *sheriff* había tenido un mal día de caza. ¡No había cazado nada! Tal vez era demasiado pronto y los animales aún no se arriesgaban a salir por los bosques. Por eso estaba el *sheriff* de mal humor y deseaba regresar a casa y contar que en realidad no había ido de cacería, sino a inspeccionar el trabajo en uno de los puestos de vigilancia del bosque.

Sin embargo, cuando aún estaba internado en el bosque, vio que se le acercaba a toda carrera un hombre de gran talla, con un arco que le sobresalía por la espalda. Ya estaba atardeciendo, y entonces maldijo su decisión de haber ido solo. El hombre se le acercó, y el *sheriff* le dijo, sorprendido:

—¡Ricardo Greenleaf! ¿Qué haces por estos parajes?

El gigantón se arrodilló ante el *sheriff* y le contestó, con voz entrecortada por jadeos:

—Quería deciros que... a menos de una legua, en aquella dirección..., hay un ciervo real, con cornamenta impresionante..., que guía una manada de cervatillos jóvenes... ¡Debe haber más de cien!

El *sheriff,* ante la perspectiva de una buena caza, olvidó repetir a su siervo qué hacía en el bosque a aquellas horas y emprendió un trote veloz hacia un repecho desde el que se dominaba el bosque, en la dirección que había señalado Greenleaf. Pero no pudo divisar nada. El criado llego pronto a su lado, corriendo, y el *sheriff* le preguntó:

—¿Dónde están esos venados? ¡No los veo!

Greenleaf, señalando hacia uno de los robles del bosque, le dijo:

—Allí, señor, allí está el ciervo real. ¿No lo veis?

El *sheriff* se irguió para mirar hacia aquel árbol y atisbó un hombre, vestido de verde, apoyado contra el tronco, que saludó a Greenleaf con el brazó, diciéndole:

—¡Bienvenido a casa, pequeño Juan! ¡Cuánto tiempo sin verte! ¿Nos traes un invitado?

—Sí, mi señor. El *sheriff* de Nottingham ha venido a visitarnos.

El *sheriff* intentó dar media vuelta a su caballo y echar a correr, desesperado, en busca de salvación. Pero Greenleaf le retenía las riendas y, además, por todo el bosque tenía las salidas cortadas, pues los hombres de Robin Hood, todos vestidos con su uniforme verde, le cerraban el paso, apuntándole con un arco.

—¡Maldito Greenleaf! —fue lo único que acertó a decir el *sheriff*—. ¡Me has traicionado!

Al *sheriff* le hicieron descender del caballo y le obligaron a tomar asiento en el césped. Se reunieron los hombres que acompañaban a Robin Hood, y éste dio unas palmadas. Entonces, ante el asombro del *sheriff,* otros, más jóvenes, aparecieron con diversos objetos. Unos extendieron un fino mantel sobre la hierba. Otros colocaron platos y vasijas de plata. Otros trajeron viandas y vino. Pero todos estos objetos provocaban la ira y la rabia del *sheriff.* Robin le dijo:

—Hacía tiempo que queríamos que vinierais a cenar con nosotros, pero como sois un hombre tan ocupado hemos pensado que la única forma de que vinierais es haciéndoos sentir como en vuestra casa.

¡Y en efecto tenía que sentirse como en su propia casa, porque tanto el mantel como los platos y vasos de plata eran los de la casa del *sheriff!*

El *sheriff* no salía de su asombro. La cena fue muy agradable, y Robin intentó hablar con él de temas triviales: el tiempo, los saltimbanquis, los alimentos que tomaban. Pero el *sheriff* no despegaba los labios. Meditaba, meditaba de qué forma podría escaparse de allí. Porque estaba claro que aquellos hombres le estaban alimentando para luego llevarlo al matadero.

—¡Bebed, bebed, buen amigo! Este es un día de fiesta. Y no os sintáis tan apocado, porque quiero agradeceros, aquí, delante de esta buena compañía, todos vuestros obsequios.

—¿Mis obsequios? —dijo el *sheriff*—. No sé de qué habláis.

—¡Juan! ¡Trae esa arqueta que nos ha regalado el *sheriff!*

Juan se levantó, y al cabo de un rato regresó al grupo cargado con la arqueta que el *sheriff* había guardado en secreto, bajo una losa de su dormitorio, y que creía que nadie conocía. Juan forzó la cerradura con un mazo y mostró a todos el brillo de los cientos de monedas de oro que el *sheriff* había guardado para comprar un esposo para su poco agraciada hija.

—¡Sois unos ladrones! ¡Tendréis que pagar por todo esto!

Los hombres de Robin prorrumpieron en carcajadas.

—Y ahora, ¿qué vais a hacer conmigo? Imagino que no puedo esperar clemencia de vosotros, ¿verdad?

El pobre viejo estaba realmente aterrorizado. Aunque no se arrepentía de todos sus crímenes y sus extorsiones, se daba cuenta de que llegaba el final. Y reaccionó como reaccionaría una lagartija. Se puso de rodillas y, juntando las manos, dirigió a Robin esta súplica:

—¡Apiadaos de mí, señor! Os daré lo que queráis. Os prometeré una fidelidad total. Seré vuestro siervo. Todo, todo lo que queráis.

Pero Robin había oído muchas veces esa cantinela, y sabía que no podía fiarse de las palabras necias. Así que no le hizo caso alguno. Continuó comiendo y bebiendo como si nada hubiera pasado, y sólo al acabar el ágape, después de escuchar una de las largas baladas de Gilberto, se puso en pie, sacó lentamente una daga de su cinto, ordenó que ataran las manos del *sheriff* a su espalda y que luego le ataran fuertemente a un árbol.

Se acercó al *sheriff* con la daga, la apoyó en su pecho; el anciano temblaba, temblaba como un niño y le dijo:

—Os podría enviar al otro mundo aquí mismo, y luego echar vuestro apestoso cuerpo a un pantano. Pero no soy un asesino, y, además. Pequeño Juan no se ha quejado de vuestro comportamiento hacia el cuando trabajaba de criado. Por eso os salvo la vida. Pero tenéis que jurarnos amistad eterna.

El anciano lloraba:

—¡Amistad, sí, eterna! ¡Todo lo que queráis!

Pequeño Juan trajo la espada de Robin, y éste desató al *sheriff,* quien, con la mano en el filo del arma, fue repitiendo las palabras de Robin:

—Por la cruz de esta espada juro fidelidad a Robin Hood y a todos sus compañeros. Me comprometo a mantenerme fiel a ello y no causarles ningún daño. Y juro defenderlos y protegerlos. Y si no lo hiciere, que Dios me lo demande.

Cuando el *sheriff* regresó a su casa, a medianoche, nadie en Nottingham adivinó por qué aparecía con un aspecto tan miserable. Pero al cabo de los días el pueblo conoció la broma de Robin Hood, y empezó a perder el miedo al *sheriff.*

IX

LA BODA DE ALAN

Se acercaba el mes de marzo. Tímidamente parecían alejarse los recuerdos del invierno, y los campos se preparaban para la nueva estación. La llegada de la primavera significaba para los hombres del bosque de Sherwood el comienzo de su actividad normal, dentro de la lucha que se habían propuesto contra la injusticia.

Lord Fitzwalter había mejorado de su enfermedad; dicen que su recuperación había sido un milagro, pero el hermano Tuck contaba otra historia, que podía ser más cierta: habían elegido un nuevo obispo en Pettersborough porque el anciano prelado que hasta entonces había regido la sede episcopal falleció a causa de un enfriamiento. Y ese anciano obispo había sido el auténtico causante de la enfermedad del padre de Mariana, al exigirle el pago de un préstamo concedido hacía muchísimo tiempo y del que ni el mismo lord se acordaba. Claro que todo era posible en estos tiempos. Pero la recuperación de la salud del anciano lord significó para Mariana la posibilidad de fijar ya su residencia en el bosque de Sherwood. La hermosa doncella era, en realidad, la reina adorada por todos los proscritos, y los juglares que aparecían por todos los caminos con la llegada de la primavera cantaban nuevas baladas en que se elogiaba tanto su belleza como su habilidad con el arco y con las armas blancas.

Para tantas mujeres que vivían sumisas a la voluntad de sus padres, que tenían que casarse con hombres a los que ni siquiera conocían y, sobre todo, que eran esclavas del hogar y del mantenimiento de una tropa de hijos, Mariana simbolizaba muchos deseos incumplidos: Mariana era tan fuerte como un hombre, Mariana era hermosa, Mariana vivía con el galán de su elección y compartía sus fatigas, Mariana era la perfecta mezcla de mujer campesina y dama noble.

Las noticias sobre el rey Ricardo Corazón de León seguían

"Como no tenía otra escapatoria, el obispo se vió obligado a unir en matrimonio a Elena y al juglar Alan. Actuaron de testigos Robin Hood, el sheriff de Nottingham, el señor de Trentwyne y Mariana, quien había entrado en la iglesia ataviada como una gran dama". (pág. 103)

siendo confusas, pero se rumoreaba que el juglar Blondel, que había sido un fiel sirviente del rey, había regresado a Inglaterra trayendo la noticia de que, en efecto, estaba preso en Austria por el archiduque y que éste exigía un fuerte rescate para devolverlo a su país. En el norte de Inglaterra, uno de los señores más importantes y de más amplios dominios, el conde de Chester, había aprovechado estas noticias para oponerse al príncipe Juan, el regente, que, a su vez, intentaba hacer creer a todos que Ricardo había muerto y a él le correspondía la corona. Así estaba la situación. Ante la amenaza de una guerra civil entre los señores fieles al rey Ricardo y los que se arrimaban al regente Juan, todos procuraban prepararse para los malos tiempos y armarse hasta los dientes.

En el campamento de Robin Hood se comentaban las noticias, porque, gracias a las «invitaciones» que extendían a los caballeros incautos que cruzaban el Camino Real, estaban al día y conocían las historias de todo el reino.

No por eso descuidaban los pequeños problemas de la pobre gente del campo y de los bosques. Y en cierta ocasión hasta tenían que intervenir en asuntos del corazón.

Una mañana de cielo nublado, Robin se encontraba solo, observando una graciosa ardilla que trepaba por un fresno, como buscando refugio ante la inminente lluvia. Entonces acertó a pasar por allí un caminante. Robin, que dominaba el arte de escuchar todos los ruidos e interpretarlos, comprendió que se trataba de una persona joven, pero que caminaba con ritmo extraño, como si arrastrara algún peso o se encontrara muy acongojado.

Escondido detrás de unos matorrales, comprobó que, en efecto, se trataba de un joven, con un jubón escarlata, un penacho sobre su gorra y unas medias amarillas: debía tratarse de un juglar. Andaba arrastrando los pies y traía una vihuela que casi le servía de cayado. Parecía estar sufriendo algún gran dolor, y sus mejillas mostraban las huellas del llanto.

—¿Qué os ocurre, buen hombre? —le dijo Robin Hood, saliendo a su encuentro.

El juglar creyó haberse encontrado con un salteador de caminos y le dijo:

—Tomad mi vihuela. No tengo otra cosa que daros —y como Robin no le contestara, la echó al suelo y añadió—: O si queréis, tomadme la vida, que ya de nada me sirve.

Robin se acercó a él, le puso la mano en el hombro y le dijo:

—¡No seáis un niño! ¿Tengo yo cara de salteador?

Y como el juglar no levantara la vista, añadió Robin:

—¿Por ventura no habréis cantado alguna vez una de mis baladas?

Entonces el joven cayó en la cuenta de quién era el que le hablaba, se arrodilló ante él y, con voz entrecortada por el llanto, le dijo:

—¡Robin Hood! ¡El señor del bosque de Sherwood! ¡Vos! ¡Vos sois el único que podéis ayudarme! ¡Gracias a Dios que os he encontrado!

Cuando se hubo calmado, contó al proscrito la razón de su tristeza y de su presencia en el bosque:

—Esta mañana tenía que haber sido el momento más feliz de mi vida. Iba a contraer matrimonio con la doncella más hermosa del mundo, después de vuestra esposa Mariana, claro está, hija de un caballero de la ciudad de Petersborough. Nos conocíamos desde niños. Habíamos crecido juntos, y hemos deseado que llegara el día en que, finalmente, pudiéramos ser marido y mujer. Sin embargo, los padres de mi enamorada habían muerto cuando ella cumplió los quince años, y pasó a ser tutor de la niña un clérigo de la catedral de la ciudad, primo segundo de su padre. Era un hombre cruel y avaricioso, pero como residía en la casa de los canónigos, no eran muchas las ocasiones que tenía de reñir ni de hacer daño a mi novia. Alguna vez ella le contó el propósito que tenía de contraer matrimonio conmigo, y el canónigo se opuso por no considerarme un buen partido. ¡Ya veis, un pobre juglar! ¿Qué puedo ofrecer yo más que una vida insegura, en estos tiempos tan difíciles.

—Continuad, os ruego. Esta mañana, decís, íbais a contraer matrimonio.

—Ha sido terrible. Como el anciano se oponía a la boda, decidimos fugarnos de la ciudad y casarnos en una ermita dedicada a San Gonzalo, porque conocíamos al ermitaño y era un sacerdote anciano, de muy buen corazón, que había sido confesor de mi novia. El aceptó celebrar la boda, y esta mañana, al romper el día, Elena, que así se llama mi prometida, se escapó de su casa y se reunió conmigo a la puerta de la ermita. Allí estaba el buen sacerdote y algunas viejas que acuden a la primera misa. De pronto irrumpieron en la ermita varios hombres del *sheriff* y se llevaron a la joven, sin que yo pudiera hacer nada por detenerlos. ¡Es terrible, terrible!

—Pero, juglar, no entiendo. Y ¿con qué razón se la llevaron?

—Razones siempre las encuentran. Podrían decir que intentaba casarse contra la voluntad de su tutor. Pero no dijeron eso. Dijeron otra cosa. ¡Ay de mí!

—¿Qué fue lo que dijeron?

—Dijeron que la doncella no podía contraer matrimonio conmigo porque ya estaba prometida al señor de Trentwyde. Y que se habían hecho las debidas amonestaciones.

—¿El señor de Trentwyde? No creo conocerle.

—¡Dios mío! Es un anciano de setenta años, duro y cruel, que siempre ha espiado a Elena y que, últimamente, incluso le había ofrecido dinero porque ella aceptara sus favores.

Robin Hood comprendió que, otra vez, triunfaba la violencia sobre la mujer, y que ésta no era sino un objeto de compra y venta, una estatua muda que no podía abrir la boca, sino aceptar las órdenes de padres y tutores. El juglar continuó:

—Parece ser que el obispo...

—¿El obispo? Habíais dicho que era un canónigo.

—Señor, estoy tan ofuscado que no puedo contaros las cosas con calma. Sí. Supongo que sabéis que el obispo de Petterborough falleció este invierno, porque pescó una pulmonía que se lo llevó al otro mundo. Y que ha habido elección de nuevo obispo. Pues ése no es otro sino el tío de Elena.

—¡Válgame el cielo! ¡El obispo Olegario, de Petersborough!

—El mismo. Y el anciano había hecho una promesa.

—¿El anciano?

—El señor de Trentwyde había hecho la promesa de legar todos sus bienes al obispado si conseguía contraer matrimonio.

—Ya veo cómo todo se relaciona.

—Pues ése es el final, señor Robin Hood. Mañana por la mañana se celebrará la boda en la misma ermita donde yo hubiera encontrado mi felicidad. El propio obispo oficiará la ceremonia.

—¿Y por qué no celebrarla con más pompa, en la misma catedral?

—¡Ay, señor! ¡No conocéis la fama que tiene el señor de Trentwyde! El obispo teme que las burlas de todos le impidan celebrar allí la ceremonia.

Mientras el juglar le contaba su historia había comenzado a

caer una lluvia suave, mansa, preludio de la primavera. Robin estuvo un rato pensativo. El juglar, que se había liberado de su dolor, pero que, al exponerlo, lo había hecho más evidente, miraba, con ojos de abandono, los prados ondulantes que recibían la bendición de la lluvia.

—Señor juglar —dijo Robin Hood—. ¿Cuál es vuestro nombre?

—Alan, señor. Y a partir de ahora, Alan el desdichado.

—No os aflijáis. ¿Para cuándo está prevista la boda?

—Mañana, sí. Al mediodía se celebrará.

—¿Y a qué distancia nos encontramos de Petersborough?

—Si vais a caballo, y a buen paso, en tres horas podéis estar allí.

—Buen juglar, por el amor que siento hacia Mariana, y por la devoción hacia Nuestra Señora, os digo que he de impedir ese matrimonio. Dejadme hacer a mí, y ahora aceptad mi invitación. Venid conmigo al campamento, porque esta lluvia puede convertirse en un auténtico chaparrón. Mi dama Mariana os consolará, y ya podéis ir preparando una nueva balada sobre el matrimonio del juglar Alan.

—¡Que el cielo os oiga!

A la mañana siguiente Robin Hood, vestido con el traje del juglar y con la vihuela atada al caballo, emprendió veloz viaje rumbo a Petersborough. Detrás, por caminos escondidos, se dirigía también hacia la ermita un grupo escogido de los valientes del bosque de Sherwood, con el propio Alan y con la doncella Mariana, vestida como uno más de los arqueros.

Cuando Robin llegó a la ermita aún no se habían presentado los contrayentes ni había llegado el obispo. El anciano sacerdote estaba nervioso, esperando a su ilustrísima a la puerta del templo, y apenas reparó en la presencia de un juglar, que se acercó a la puerta.

Este besó la mano del sacerdote y le preguntó si era cierto que iba a celebrarse un matrimonio aquella mañana. Como el anciano contestara que sí, le preguntó si no le molestaría que interpretara algunas canciones religiosas con su vihuela para, así, ganarse algunas monedas. El anciano le contestó:

—Podéis pasar. Ayer iba a casar a un juglar con la misma doncella que hoy va a convertirse en la esposa del señor de Trentwyde. Soy un anciano y no entiendo bien las cosas, pero me atrevería a decir que el señor obispo... Dios me perdone. Pasad, pasad.

Al mediodía llegó la comitiva oficial, bastante escasa, por cierto. El obispo, revestido de birrete y amplia capa, luciendo gruesos anillos en los dedos; el *sheriff* de Nottingham con traje de ceremonia, cinco hombres armados, Elena, pálida como la cera, y un anciano, delgado y algo jorobado, sin un solo pelo en la cabeza, que vestía un ropón verde con ribetes de piel de zorro. Elena parecía la imagen de la virgen conducida al sacrificio, y su palidez no alteraba la serena belleza, la juventud y el donaire de su cuerpo.

Entraron solemnemente en el templo, modesto, que sólo mostraba su misión ceremonial por los búcaros de flores que el sacerdote había puesto sobre el altar. Era una ermita con bóveda de ladrillos y muros de adobe. Unos estrechos ventanucos dejaban entrar la luz del mediodía, pero era una luz escasa, que contrastaba con la vacilación de las llamas de las velas. En el ábside del fondo algún artista ingenuo había representado el día del juicio final. Unos angelotes cubiertos de alas y de ojos ayudaban a salir de las tumbas a hombres y mujeres, y otros, tirándoles de las manos, les ayudaban a subir al cielo, donde se veía la efigie serena de un Cristo rodeado de un círculo, vestido como señor feudal, sentado en un trono, y bendiciendo. Los condenados eran conducidos por otros ángeles a las llamas del infierno, situadas en la parte inferior, y unos demonios con cuernos y largos tenedores pinchaban a las pobres víctimas. Pero era difícil adivinar los detalles a la escasa luz de ventanucos y de velas, y nadie de los presentes estaba interesado en estudiar aquellas escenas.

El obispo entró a la pequeña sacristía, acompañado por el sacerdote, para revestirse de los ornamentos litúrgicos y dar comienzo a la ceremonia. Los soldados, descubiertos, custodiaban la puerta como para impedir que la novia huyera, escapando de su destino.

Robin, disfrazado de juglar, había comenzado ya a rasguear una tonadilla popular. La doncella tuvo un sobresalto al oír aquella vihuela, pero lanzó la mirada al juglar y volvió luego a su mutismo. No era, no, su enamorado. «Claro —pensó—, si se hubiera presentado aquí, los hombres del *sheriff* no le habrían dejado entrar: ¡Qué desgraciada que soy!»

El obispo, vistiendo la casulla y la estola que había traído de su catedral, ornamentos cubiertos de perlas y de lentejuelas de oro, y acompañado del sacerdote de la ermita, que vestía una humilde sobrepelliz, se adelantó al grupo formado por Elena, el señor de Trentwyde, el *sheriff*... y el juglar, que, al entrar el obispo, se había acercado al grupo. El juglar seguía rasgueando su vihuela y, aunque el obispo le hizo señal de que parara, no hizo caso.

—¡Silencio, juglar! ¡Vamos a proceder al matrimonio!

—Con su permiso, reverencia —dijo Robin—. Debéis ser algo miope, porque, aunque es cierto que la novia está presente, no veo por ningún lado al novio.

—¿Cómo os atrevéis, insolente?

—Supongo que este caballero debe ser el abuelo de la joven, ya que no tiene padres. Pero ¿dónde habéis escondido al novio?

El señor de Trentwyde, amenazándole con un puño, dijo:

—Tenéis que saber que yo soy el prometido de esta joven.

El juglar se quedó estupefacto, o así al menos lo pareció.

—¿Pero cómo? ¿Queréis casar a un abuelo con su nieta? ¿A la primavera con el invierno?

El obispo le amenazó con su dedo índice, en que lucía una hermosa amatista:

—Este caballero es hombre de mi confianza, y la Santa Madre Iglesia no pone ningún obstáculo en que se casen hombres y mujeres de cualquier edad.

—Con una condición, su ilustrísima —dijo el juglar—, y perdóneme que hable de cosas que vos conocéis mejor que yo. Para que un matrimonio sea lícito, tiene que haber consentimiento, ¿verdad?

—Es cierto, hijo mío —contestó el anciano sacerdote, que comenzaba a presagiar que aquello podría concluir de manera distinta a como había imaginado el obispo.

—Entonces supongo que vos, Elena, queréis como marido al señor de Trentwyde, que lo amáis, que estáis enamorada... de ese trozo de hielo.

Elena, con voz tenue, pero decidida, contestó:

—No le quiero, señor. No le quiero.

Y rompió a llorar. Robin Hood dejó la vihuela en el suelo, se acercó al obispo y le gritó:

—¡Sois un Judas, que vendéis a vuestra ahijada por intereses mercantiles! Os prohíbo que prosigáis con la ceremonia. Elena tiene que casarse con el hombre que ella ha elegido.

El *sheriff* lanzó un terrible grito:

—¡Soldados! ¡Sacad de aquí a este insolente! ¡Rápido!

La oscuridad de la ermita no permitía distinguir con claridad a los soldados que habían quedado guardando la puerta. Pero éstos parecieron acercarse, veloces, hasta el altar, al oír la llamada del *sheriff.* Cuando llegaron no pudo ser mayor la desilusión del *sheriff* y del obispo, porque aquellos no eran sus soldados, sino cinco arqueros de Robin Hood, vestidos de verde, apuntando con sus arcos al obispo, al *sheriff* y al señor de Trentwyde.

—¡Esto es una profanación! —gritó el obispo—. ¡Quedáis todos excomulgados! ¡No se puede entrar armado en la casa de Dios!

—Un momento, señor obispo. ¿Y los soldados del *sheriff* apostados a la puerta, qué llevaban en las manos? ¿Dagas o cirios benditos? Y, además, no os irritéis tanto, porque quiero que celebréis el matrimonio.

El obispo estaba pálido de ira.

—¿El matrimonio? Pero si habáis dicho que queríais impedirlo...

—El matrimonio de verdad. El que desea Elena —dijo Robin—. Ahí tenéis al novio.

Y por la puerta de la iglesia, contento como unas pascuas, vestido también con el jubón y las medias verdes de los proscritos de Sherwood, avanzó el juglar Alan. Elena, al verlo, se desmayó, y Pequeño Juan, que era uno de los cinco que habían desarmado a los soldados del *sheriff* y habían ocupado su lugar, tuvo que sostenerla en sus brazos.

Como no tenía otra escapatoria, el obispo se vio obligado a unir en matrimonio a Elena y al juglar Alan. Actuaron de testigos Robin Hood, el *sheriff* de Nottingham, el señor de Trentwyne y Mariana, quien había entrado en la iglesia ataviada como una gran dama.

Acabada la ceremonia, Robin Hood, rodeado por sus arqueros, dijo al obispo y a sus acompañantes:

—Creo que no debo enseñar a los obispos a cumplir con su deber. Por eso no voy a castigaros ni voy a robaros vuestras joyas, porque sé que eso sería un sacrilegio. Lo que haré será dejar que dediquéis unas horas a la meditación en esta ermita. No os quejaréis. Debe ser muy necesaria la meditación para un hombre que tiene que guiar a tantas ovejas. Padre —dijo, dirigiéndose al sacerdote de la ermita—, ¿podéis traerme la llave de la ermita?

El anciano sacerdote entró a la sacristía y trajo una pesadísima llave.

—¿Tiene alguna otra salida la ermita?

—No, señor. Tan sólo la puerta por donde hemos entrado.

—¿Y las ventanas? ¿Podría alguien escaparse por ellas?

—No, señor.

—Perfecto. Vámonos. Y usted, sacerdote, tiene que acompañarnos al bosque de Sherwood. A las buenas o a las malas. Juan, coge la llave.

Hicieron salir a las pocas mujeres que habían asistido a la misa frustrada, y les dijeron que tenían que guardar secreto sobre lo que habían visto. Cerraron con llave el pesado portón, hicieron montar al sacerdote en uno de los caballos que los arqueros de Robin habían traído y ataron a otros a los cinco soldados del *sheriff.* Elena cabalgaba con su marido, y Mariana, cubierta de nuevo con el uniforme verde, guiaba su propio caballo, junto al de la feliz pareja.

Cuando se internaron por el bosque de Sherwood, bajaron de sus cabalgaduras a los soldados del *sheriff,* les despojaron de sus armaduras y los dejaron atados a un árbol.

—No pasaréis frío, caballeros, porque después de la lluvia de ayer el tiempo parece bastante apacible. Seguro que dentro de algunos días alguien os encontrará y os desatará. Sabed que Robin Hood es un caballero y no desea causar mal a nadie. Pero es necesario que no volváis demasiado pronto a la casa del *sheriff,* en Nottingham, ni al obispado de Peterborough, para contar lo ocurrido.

Los soldados se sintieron muy alagados, porque temían por sus vidas.

El resto de la comitiva continuó hasta el claro del bosque, donde los hombres que no habían acompañado a la partida habían preparado un brillante recibimiento.

Los hermanos Tuck y Jorge acogieron al anciano sacerdote, al que invitaron a quedarse una semana con ellos, para evitar las iras de su obispo:

—Luego —le decía Tuck— contáis que unos miserables os tuvieron cautivo en el bosque, y en paz.

—Nunca diré que fueron miserables —contestó el anciano—, sino unos paladines de la justicia.

Gilberto, el juglar, había compuesto ya la balada sobre el amor de Elena y de Alan, y esa balada pronto se hizo más popular que la historia de la «santa caña». Mariana agasajó a la joven Elena, que no acababa de creer todo lo que le había acontecido. Pequeño Juan insistía en que él era el auténtico héroe de la jornada, porque si no hubiera sostenido en sus brazos a la novia, cuando se desmayó, igual podía haber caído en el suelo y haberse roto la cabeza. Y añadía:

—Creo que en las pesadillas del *sheriff* deben aparecer dos terribles monstruos: Robin Hood y su criado Greenleaf. ¡Ja, ja, ja!

Después de la merienda, que constituyó un auténtico banquete nupcial, Gilberto, con la vihuela, interpretó unos bailes populares, que Alan y Elena bailaron con mucho gracejo. Se unieron luego a la pareja la que formaban Robin y Mariana, e incluso otros hombres se animaron y se unieron al baile.

Al día siguiente, Alan explicó a Robin que, aunque ya se sentía como un proscrito más, preferiría irse a vivir a una casita que su esposa había heredado, y que estaba a la entrada del bosque de Sherwood:

—Si estuviera en otro sitio, no me atrevería a ocuparla, porque sé que el obispo intentará vengarse por todos los medios. Pero aquí, en este bosque en que vos sois el único señor, y después de lo que ha ocurrido esta mañana, no creo que se atreva a actuar.

Y así fue como el juglar Alan colgó la vihuela y cogió la azada, para cultivar los campos e iniciar una vida sedentaria de esposo y de padre de familia. Y como se puede imaginar, en esa casa siempre eran bien recibidos los valientes proscritos de Sherwood. Y hasta en más de una ocasión les sirvió de refugio y de escondite.

X

JORGE DE WAKEFIELD

El *sheriff* de Nottingham rendía visita al conde Guido de Gisborne y a su anciano padre, Herberto, en el castillo de Locksley. Le preocupaba al siniestro funcionario del rey la actitud que tomarían los nobles del norte de Inglaterra en la pugna desatada entre los seguidores de Ricardo y los de su hermano Juan, y las noticias de que muchos señores y muchos campesinos recaudaban sumas de dinero destinadas a pagar el rescate de Ricardo, preso por el archiduque de Austria.

No es que el *sheriff* tuviera grandes inclinaciones por Ricardo ni por Juan, ni por sajones ni por normandos. El no era un noble con abolengo y tradiciones, ni estaba sometido a vasallajes marcados por las familias. Era un hombre normal, deseoso de beneficiarse de cada momento. Hasta ahora, su oficio de representante del rey en Nottingham y todo el condado le había ido bien, pero, si los nobles se enfrentasen al regente Juan, sería cuestión de pasar de bando. Por eso quería tantear al conde Guido. Suponía que éste, como amigo personal del regente, tendría informaciones sobre los nobles «rebeldes» y sobre el poder que tenía el representante de Ricardo en el norte del país, el conde de Chester.

Ya se acercaba la Pascua, y en todos los campos se afanaban los siervos en sus tareas agrícolas. El paisaje era hermoso: prados suaves, ondulantes, espesos bosques, colinas blandas y arroyuelos cristalinos. Pero el *sheriff* no gozaba de estos placeres sencillos, y su aspecto avinagrado parecía el presagio de una epidemia.

En el castillo le recibieron con amabilidad, al comprobar que venía acompañado tan sólo por dos guerreros y un escudero, y que la visita se debía a una prueba de amistad, y no era una de esas «visitas de trabajo» en que durante una semana invadía el castillo una larga comitiva que parecía haber estado ayunando durante todo el año.

En una de las espaciosas salas del castillo, decorada con hermosos tapices que contaban las antiguas batallas de los conquistadores del reino, Guido recibió al *sheriff,* y disculpó a su padre que, aquejado de una fuerte fiebre, permanecía en su alcoba y se uniría a ellos al cabo de un rato.

Comentaron Guido y el *sheriff* las últimas noticias. Guido no daba ninguna importancia al poder del conde de Chester:

—Aunque le sigan sus hombres y algún que otro señor, mi buen *sheriff,* sabed que la mayoría de los nobles prefieren que el rey Ricardo esté muerto.

—Entonces, ¿vos también pensáis que está prisionero en Austria?

El conde Guido se mesó la barba y llevó al *sheriff* hasta la ventana:

—Mirad bien. Hasta donde se extiende la vista, son territorios que me pertenecen. Parte de ellos, es verdad, eran del feudo del proscrito Robert Fitzooth, como este mismo castillo. Entonces, ¿cómo puedo desear que esté vivo un rey que, en el momento de llegar a Inglaterra, me va a quitar tierras y hombres? Bien, pues mi caso es igual al de todos los señores. ¿Para qué necesitamos un rey? ¿Para que controle, mande y vigile en todos los señoríos? Mala cosa, buen *sheriff,* mala cosa.

—Pero no piensan así todos los nobles.

—Los nobles piensan todos igual, no os equivoquéis. Y si el de Chester defiende la causa de Ricardo, no es porque apueste por un poder real fuerte, dominante, sino porque está enemistado con el regente. Ya lo sabéis.

Cuando Herberto, apoyado en dos criados, con gorro de dormir y tupida camisola, entró en la sala, el *sheriff* le hizo la reverencia ritual y explicó al anciano los motivos de su visita.

—Yo me estoy haciendo muy viejo, es la verdad —decía Herberto—. Pero me parece que las cosas tienen que funcionar como siempre han funcionado. Ya me molesta un poco el orgullo de ciertos burgueses que creen que los castillos son cosa del pasado y que, a la larga, los nobles no tendremos poder alguno. Esas ciudades orgullosas, en las que sólo cuenta el dinero, en que cualquiera, por haber traficado con cueros o con telas, cree que ya ha llegado a la nobleza... Eso es tentar a Dios, señor *sheriff.* Y no es que critique vuestro oficio, no. Vos servís al rey, o al regente, que lo mismo vale, y hacéis cumplir la justicia, pero —y con el dedo índice señaló una fila de baldosas del suelo— cada uno en su sitio y sin pasarse de la raya. Lo demás...

—Lo veis muy fácil, conde Herberto —continuó el *sheriff*—, tal vez porque vuestra debilidad no os permita salir del castillo, que tampoco conocéis del todo —aludía a la usuparción para hacer rabiar un poco al viejo—. Pero los que recorremos el territorio...

—No conocéis este territorio mejor que yo —intervino el conde Guido.

—Dios me libre de querer igualarme a vos —continuó el taimado *sheriff*—. Pero yo soy un hombre de edad, y vos, tan culto, tan apuesto, supongo que buscaréis una compañera en un castillo, no en una aldea.

—¿Qué osáis decir? —dijo Guido, indignado.

—Nada, nada. Venía simplemente a pedir consejo y a informaros. Supongo que sabéis que Mariana ha abandonado el castillo de su padre y se ha ido a vivir con los proscritos...

—Estoy al corriente de todo. No hace falta que digáis más —contestó Guido, atajando al *sheriff*. Si algo le irritaba sobremanera es que la gente se hiciera lenguas de su pasión por Mariana, que era una forma de manifestar su odio hacia Robin Hood.

—Pero debo insistir, señores. Es nuestro oficio. Son ya varios años desde que el... el antiguo propietario de este castillo, por decirlo así, fue declarado fuera de la ley y proscrito. Todos hemos intentado hacerlo preso y entregarlo a la justicia del rey. Todos. Y se ha burlado de todos nosotros. ¿Acaso miento?

Herberto, sentado en un gran sillón frailuno, le invitó a continuar. Guido escuchaba, pero sin mirar al *sheriff* a la cara, indignado y furioso.

—Nuestra misión es mantener la paz, ya lo hemos dicho. Hacer que los campesinos trabajen, que las ciudades trabajen, que no haya altercados ni incidentes, y que todos colaboren llenando las arcas. Las del Rey, nuestro señor, y las de los condes y duques. ¿De acuerdo?

—Podéis seguir —le dijo Herberto.

—Y en esa misión hemos tenido un fallo, un terrible fallo, una herida que crece año tras año. Esa herida se llama Robin Hood.

—Sabéis muy bien —Guido se dirigió hacia él, expresando a las claras sus sentimientos— que no hay cosa que desee más en esta vida que acabar con ese miserable. Y si yo pudiera...

El *sheriff* había conseguido hacer rabiar al conde, y disfrutaba del espectáculo. ¿Acaso valdría la pena repetir el nombre de Mariana? No, tal vez no fuera prudente. Continuó:

—Pero, de todas formas, hemos sobrevivido. Ahora se anuncian malos tiempos: parece claro que el rey Ricardo está vivo y puede regresar.

—No regresará. Está muerto y Juan es el auténtico rey de Inglaterra —sentenció Herberto.

—Bueno, bueno, yo he de calcular todos los riesgos —dijo el *sheriff*—. Si regresara... Es igual, acepto que no regresa. Pero las gentes humildes y miserables creen que volverá, y con ese deseo desobedecen las órdenes, violan las normas, no pagan sus tributos, no devuelven los préstamos. ¿Entendéis?

—Demasiado bien, *sheriff,* demasiado bien —contestó Herberto.

—Y, además —el taimado *sheriff* iba poniendo las cartas sobre la mesa, con calma y astucia—, el peligro de que aparecieran nuevos Robin Hood se ha visto confirmado. Ya hay otro Robin Hood en nuestras tierras.

Guido parecía interesado, y le preguntó:

—¿Entonces son ciertas esas baladas que cantan los juglares sobre un tal Jorge, de Wakefield?

—Tan cierto como que estoy en vuestro castillo. Mis espías me han informado de que ese tal Jorge es prácticamente el señor de Wakefield. Que hace que todos los habitantes, y los que transitan por el pueblo, paguen tributo para el rescate del rey Ricardo, y que, además, imita a Robin en su burla y su desprecio por las normas... de siempre, ya me entendéis.

—¿Tiene también un refugio secreto, una guarida? ¿Hay muchos hombres detrás de él?

—Aún no, señor, aún no. Vive en un pueblo, y como depende de un conde que, a pesar de lo que vos decís, es más adicto al... difunto Ricardo que al regente vivo, le dejan hacer. Pero es un auténtico peligro.

—¡El conde de Wakefield! —murmuró Herberto—. Ese que parece una mosquita muerta.

—Sí, le deja hacer. Y hace. Valiéndose de lo mismo que nuestro viejo conocido Robin: de una fuerza y de una astucia sobrehumanas. ¿Qué os parece?

Guido sonrió con malicia, y dijo:

—Que cada noble se ocupe de sus propios asuntos. Ya verá el de Wakefield cómo a la larga no es bueno tener a nadie que haga el papel del conde o del señor feudal.

—Me parece bien —dijo el *sheriff*—. Dejarle hacer. Y si se

aliaran los hombres del tal Jorge y de Robin, ¿a dónde íbamos a parar?

—A un burgués como vos, *sheriff* —dijo Guido—; con todos los respetos, se os puede colar en vuestra casa hasta un lugarteniente de Robin —todos conocían la historia del falso criado Ricardo Greenleaf—, pero ¿en este castillo? ¿Creéis que es fácil escalar estas torres?.

El *sheriff* conocía bien las altas torres de Locksley y sabía que, en verdad, eran inexpugnables. Pero con Robin Hood nunca había refugio verdadero, sobre todo porque él había sido señor de aquel castillo y quizá conocía pasadizos secretos que permitieran dominar la fortaleza.

. . . .

Mariana se acercó a un grupo de hombres que hacían corro en torno a Gilberto, el juglar. Este cantaba una balada nueva, porque ella no recordaba la melodía ni ninguna de las estrofas que llegaban hasta sus oídos. Mariana se acercó, y al momento Gilberto dejó de tocar y, con gesto de niño sorprendido haciendo una jugarreta, dijo:

—Perdón, mi señora, no os había visto llegar.

—¿Y a qué viene eso, Gilberto? ¿No podéis seguir cantando ese romance?

Gilberto parecía tartamudear:

—Es que... no sé... sí, no sé si os gustaría, señora. Es una canción de tabernas, con palabras algo atrevidas... ¿entendéis?

—Comprendo, comprendo. Puedo marcharme.

—¡No, por favor! Cantaré otra balada. Yo creo que a estos compañeros les dará igual.

Aquel incidente no hubiera tenido mayor importancia, pero algo había en la expresión de Gilberto que hacía sospechar a Mariana que no le había dicho toda la verdad. Así que aquella tarde se acercó a un riachuelo vecino, donde el padre Tuck estaba pescando, y le dijo:

—Hay algo extraño en las baladas de Gilberto. Es como si me ocultara algo. ¿Sabéis algo de eso, padre?

El Fraile hizo que Mariana se sentara a su lado y, sin dejar por eso de observar el hilo de la caña le dijo:

—Siempre me toca explicaros todas las cosas, Mariana. Gilberto no quiso hacerme caso, y pronto o temprano alcanzas antes a un mentiroso que a un cojo. La verdad es que hay unas baladas que hablan de un tal Jorge, de Wakerfield, y de su doncella, Isabel. Jorge es un hombre del pueblo, no sé si un zapatero o un talabartero, fuerte como un roble, rápido como una flecha. Isabel es... ya sabéis lo que dicen los juglares, la más bella niña que hay en mi lugar, y otras pamplinas de ese tipo. Y esas baladas se han hecho muy populares. Más que... más que las vuestras.

—¿Y es que hay algo de malo en eso, padre? —preguntó Mariana.

—Claro que no, hija, claro que no. Pero es que ese Jorge es de carne y hueso, Isabel también, y la cháchara de las gentes, ya sabéis, hablar por no callar dice que... que eso que se cantaba de Robin Hood y de Mariana es ya harina molida, y que lo que está de moda... es lo de Jorge y su señora Isabel. ¿Satisfecha?

Mariana marchó a la busca de Robin, que estaba charlando con Will, se lo llevó a solas y le preguntó miles de cosas sobre Jorge y sobre Isabel. Robin también estaba molesto por esas historias, y según le dijo, aún había más: Jorge de Wakefield había dicho que era más valeroso que Robin.

—¿Y vais a dejar que os rete sin darle la respuesta que se merece?

Robin abrazó a su esposa:

—Así me gusta, señora. Valiente y decidida. Me he estado tragando las ganas de ir a dar su merecido a ese Jorge por temor a contrariaros. Pero si os parece bien, mañana mismo me voy a Wakefield.

—Alto, caballero. Yo también me siento ofendida, y tengo que acompañaros para demostrar a Isabel quién es la doncella más hermosa de la comarca.

A la mañana siguiente, con el uniforme verde de los proscritos, avanzaron por los caminos en dirección a Wakefield. Pequeño Juan, Will Scarlett, Robin y Mariana. Iban armados con largos y gruesos bastones de roble.

Jorge e Isabel estaban paseando por las afueras del pueblo, contemplando los verdes trigales que comenzaban a crecer y a anunciar una buena cosecha:

—Isabel, amada, ¿es cierto que continuaréis conmigo, aunque sólo sea un zapatero de pueblo?

—Sois mucho más que eso, Jorge. Sois el defensor de la causa del buen rey Ricardo, y gracias al botín que recaudáis, pronto podremos liberarlo de su prisión en el extranjero.

—¿Y luego, Isabel? Porque cuando todo vuelva a su cauce yo seguiré siendo un zapatero, nada más que eso.

—Es igual, Jorge. No os preocupéis por esas cosas, que Dios ayuda a los que bien le sirven.

Entonces divisó Jorge a un grupo de cinco campesinos vestidos de verde, que avanzaban entre los trigales, pisoteando a su paso los brotes tiernos:

—¡Alto! —les gritó—. ¡Quién se atreve a destruir los campos de unos hombres honrados!

Pero el grupo avanzó, hasta que llegó a la altura de Jorge y de Isabel.

—Pisamos lo que queremos —dijo Pequeño Juan—, porque para eso somos más fuertes que nadie.

—¿Más fuerte, decís? ¿No habéis oído hablar de Jorge de Wakefield?

Pequeño Juan aparentó asombro, y contestó:

—¿Cómo decís? ¿Jorge? Yo sólo había oído hablar de un caballero que supera a todos en fuerza en este reino, Robin Hood, el de Sherwood.

Jorge apartó a Isabel, y acariciando una larga vara lisa, que sin duda había utilizado en otras ocasiones para moler a alguien a palos, le dijo:

—Aunque fueras el mismísimo Robin Hood te rompería la cabeza por haber pisado esos trigales.

—¡Eso vamos a verlo ahora mismo! ¡En guardia!

Y empezó una pelea entre el gigantón y el fornido Jorge, que aunque no le alcanzaba en altura, sí que lo hacía en destreza y en fuerza. Los dos hombres se persiguieron, hicieron sonar las varas sobre sus cabezas, se atizaron con fuerza, pero al final Juan sucumbió ante la feroz acometida. Entonces Jorge se dirigió a los tres:

—¿Habéis aprendido la lección, caballeros, o queréis también probar este jarabe de palo?

Will Scarlett avanzó, agarrando su vara con las dos manos, y le retó:

—Atreveos conmigo, zapatero. Veamos si no os tiembla el pulso.

Will, en la pelea, hizo gala de su habilidad, pero Jorge era tan astuto como él y mucho más fuerte. Pronto recibió un bastonazo en la cabeza que le hizo perder el equilibrio y lo envió, rodando, por el suelo.

Avanzó entonces Robin Hood y comenzó la pelea. Justo es decir que Jorge, el zapatero, ya se encontraba cansado, pues había derribado a dos hombres de considerable valor, pero, sin embargo, atacaba con tal furia, que el propio Robin quedó extrañado. Robin peleaba al principio como si se tratara de un juego, pero después de una media hora se dio cuenta de que su rival era mucho más resistente de lo que había pensado. Pasó otra media hora larga, y ambos, jadeantes, casi ni podían sostener el palo. El propio Jorge echó su vara y dijo a Robin:

—Si seguimos esta pelea acabaremos los dos derrotados. Y reconozco, señor, que nunca había encontrado un rival de vuestra categoría.

Los dos hombres se abrazaron, y entonces Robin dijo al de Wakefield:

—¿Y por qué no os unís a mis hombres? Necesito valientes como vos.

—¿Y quién sois, señor?

—Robin Hood, el proscrito del bosque de Sherwood.

Jorge se quedó asombrado, e hincó la rodilla en el suelo:

—Sabed, señor, que después del rey Ricardo sois el hombre a quien más admiro. ¿Y éstos a quienes he derribado?

—Estos —los hombres comenzaban a levantarse, llevándose las manos a las cabezas adoloridas— son Will Scarlett y Pequeño Juan, dos de mis mejores camaradas. Y aquel otro es mi esposa, Mariana.

Mariana avanzó hacia ellos, y quitándose la gorra dejó caer su hermosa cabellera. Jorge le hizo una reverencia, e Isabel acudió ante ella, y se puso también de rodillas. Mariana hizo que se levantara, e Isabel, sinceramente contenta de verla, le dijo:

—Señora, aquí tenéis a una fiel admiradora de vuestro valor y de vuestra belleza.

Y así fue como Jorge y Robin Hood estrecharon una auténtica amistad. Jorge invitó a todo el grupo a acompañarle a su casa y tomar un buen refrigerio para reponer las fuerzas después de la pelea. Y así lo hicieron. Los hombres de Robin se dieron cuenta de que en el pueblo de Wakefield era respetado y aceptado como un señor, un juez o un defensor de todos. Y no se había aprovechado de su aceptación, pues seguía viviendo en la misma humilde casa de zapatero donde comenzara aprendiendo su oficio, hacía ya bastantes años.

Mariana e Isabel charlaban animadamente, pero ésta insistió en que su invitada no tenía que ayudarle para nada en el servicio de la mesa:

—Ya que sois mi invitada, hacedme el favor de disfrutar de la charla y la amistad.

Comieron una carne de cerdo ahumada y abundantes verduras de las vegas vecinas a la ciudad de Wakefield, y bebieron sidra muy agradable, que entonó el ánimo y sirvió de elixir milagroso que curara heridas y cabezas descalabradas.

Al acabar la comida, la charla, muy animada, se dirigió hacia las baladas y canciones populares. Jorge le dijo:

—Todos los juglares exageran, ya lo sabéis. Y aunque procuro defender la causa del rey Ricardo y cobrar un buen tributo a todos los que atraviesan la ciudad, mi vida es bastante aburrida. Creo que hay más aventuras en la imaginación de los juglares que en la realidad.

—Tenéis que venir al bosque de Sherwood —le contestó Pequeño Juan—. ¡Aún no acabo de creer que esta mañanita me habéis hecho morder el polvo! Un hombre como vos no puede pudrirse en los muros de una ciudad.

—No sé si debo irme o no. Por una parte, me apetece la vida de aventuras, es cierto —contestó Jorge, consultando a su amada Isabel con la mirada—, pero por otra siento una obligación hacia Wakefield, ¿me entendéis?

—¿Hace mucho que contrajisteis matrimonio? —preguntó Mariana.

—Muy poco —contestó Isabel—, aunque hace años que queríamos vivir juntos. Mañana cumpliremos los tres meses de casados.

—¡Unos tortolitos! —le dijo Pequeño Juan.

—Y cuando os casasteis —siguió Mariana—, ¿celebrasteis debidamente el matrimonio? ¿Organizasteis una fiesta con vuestros amigos?

Isabel encogió los hombros:

—Eran tiempos difíciles en que el *sheriff* amenazaba con atacar la ciudad, aprovechándose de la debilidad y enfermedad del conde. Y Jorge estuvo tan ocupado distribuyendo grupos de hombres, entrenándolos en el manejo de las armas, que no hubo tiempo para eso. Y luego, ya estábamos casados...

—Mi señor —dijo Mariana, dirigiéndose a Robin Hood—, por el amor que os profeso quisiera pediros que aceptarais una visita de estos jóvenes de Wakefield a nuestros bosques. Pero vendrían para celebrar su matrimonio. Sería un viaje de novios.

—Señora —contestó Isabel—, sería para mí un gran placer.

—Además —contestó Mariana—, aunque no dudo que Isabel debe haber aprendido sus obligaciones de esposa, me temo que hay otras muchas cosas que no ha aprendido.

—¿Qué queréis decir? —preguntó la joven.

—Me refiero —Mariana miraba al asombrado Jorge— a que la compañera de un defensor de la justicia, además de coser, bordar, cocinar y limpiar la casa, debe ser diestra con el arco, con el estoque, con el mandoble, con la espada, y en eso creo que no habéis educado a Isabel debidamente. Si venís a Sherwood, creo que tendré una buena alumna.

Scarlett, que, como siempre, era el más taciturno de todos, le dijo a Jorge:

—Es cierto, señor. En un campamento todos tienen que estar preparados para la defensa y mi señora es tan hábil que me hubiera gustado que esta mañana hubiera peleado con vos. ¡No estoy tan seguro de quién hubiera sido el ganador!

Durmieron en casa de Jorge. Este y Robin Hood tuvieron por la noche una larga conversación, en la que ultimaron los detalles de su viaje a Sherwood, de cómo dejar en Wakefield a una persona de confianza al frente del «control de tributos para el rey Ricardo» y de cómo guardar en lugar seguro las monedas de oro y plata reunidas para pagar el rescate del rey.

XI

LA ESTRATAGEMA DEL CONDE GUIDO

Aquella mañana el alegre grupo formado por Jorge de Wakefield, Robin Hood, Isabel y Mariana, Pequeño Juan y Will Scarlett emprendieron el viaje al bosque de Sherwood. Will les dijo:

—En nuestro viaje no encontramos soldados del *sheriff* ni del conde, pero habrá que ser prudentes, porque a buen seguro que deben perseguirnos.

—Además —indicó Robin—, si nos capturan ahora, de un solo golpe se hacían con dos grandes enemigos. Procuraremos ir por el bosque, y sólo cruzaremos el camino real cuando nos sea absolutamente necesario.

Isabel estrenaba aquel día su ropa de arquero, su traje de hombre, y le encantaba disimular su aspecto de aquella forma, porque adivinaba que, gracias a la vida en el bosque de los proscritos y a los consejos y enseñanzas de Mariana, se convertiría en una persona capaz de valerse por sí misma, dejando de ser la mujercita débil e indefensa que, en caso de peligro, en vez de atacar al adversario se pone a gritar y a llorar.

Era un día de primavera, pero había amanecido nublado, y conforme fue avanzando la mañana el sol no parecía dispuesto a aparecer. Las nubes oscuras iban cubriendo el cielo; empezaba a correr una brisa sospechosa, y pronto cayeron las primeras gotas.

Ya habían recorrido un buen trecho, pero Isabel demostraba su cansancio. Robin ordenó una parada, resguardados bajo el saliente de unas rocas, y conferenció con los demás:

—Creo que en este día no corremos ningún peligro. Podemos atajar saliendo por esa cañada al Camino Real, y luego seguirlo hasta llegar al arroyo del Haybirth. Si llegamos allí sanos y salvos, luego el campamento queda cerca, y las rutas las conocemos muy bien.

Dicho y hecho. Avanzaron por la cañada cuando la lluvia

comenzaba a caer primero con suavidad y luego con fuerza creciente. Con las gorras bien ajustadas a la cabeza, en fila india por uno de los lados de la cañada, desembocaron en el camino real, que en aquel momento estaba totalmente solitario.

Siguieron el viaje con cautela, atentos al menor ruido. La orden de Robin era que en caso de que se acercaran hombres armados debían entrar rápidamente en el bosque o agazaparse tras los matorrales.

El camino real, en aquel trecho, bordeaba una escarpada roca que parecía un extraño mojón dejado caer en la extensión de bosques ondulados de la zona. Iban ascendiendo la pendiente, cuando, en dirección contraria, rápidos por ir cuesta abajo, pasaron once soldados y un caballero con flamante penacho. Fue tan rápida su aparición que los caminantes no tuvieron tiempo ni de esconderse ni de reconocer los colores de los soldados. Era evidente que buscaban refugio de la lluvia y que no deberían haber notado extraño que un grupo de campesinos transitara por allí, rumbo a su pueblo o a sus chozas. Sin embargo, Mariana se había asustado mucho, y así se lo dijo a Robin:

—Temo que algo malo nos ocurra, Robin. Me ha parecido que el caballero del penacho llevaba bien levantada la visera y que se ha dado cuenta perfecta de quiénes éramos.

—Pero eso es imposible, Mariana —le contestó—. Los caballos iban a todo galope, y nadie puede reconocernos si nos ve sólo un momento.

—Diréis que son cosas de mujeres, ya lo sé, pero yo juraría que el caballero me ha mirado a mí, y me ha reconocido.

—Tonterías, mujer, tonterías.

Sin embargo, Will Scarlett, que había oído la conversación entre Robin y Mariana, también tenía la mosca en la oreja. Y al descender aquella montaña centinela aconsejó a Robin que se internaran ya en el bosque, sin esperar a llegar al arroyo de Haybirth.

—Me parece bien —dijo el jefe—, porque, aunque creo que no corremos peligro, estamos totamente empapados. Si vamos hasta aquella línea de fresnos, estaremos a dos pasos de la casa de Alan, y bien podríamos acogernos allí hasta que pase el mal tiempo.

Pequeño Juan se ofreció para llevar a hombros a Isabel hasta la casa de Alan, pero ésta, que se encontraba agotada y deshecha, no aceptó el ofrecimiento porque quería demostrar a

Mariana que era tan resistente como ella. Jorge estaba contento, y parecía cobrar nuevas fuerzas a medida que continuaba la marcha. Había encontrado su mundo: la aventura, el aire libre, y no la monótona vida de un pueblo callado.

Cuando llegaron a la casita de Alan, a la entrada del bosque de Sherwood, estaba diluviando. Alan y su esposa dieron la bienvenida a todo el grupo y les invitaron. Mariana e Isabel fueron invitadas por la esposa del antiguo juglar, Elena, a cambiarse de ropas, pero éstas dijeron que se contentaban con sentarse junto al fuego y dejar que sus uniformes masculinos se fueran secando solos.

Alan ofreció a todos bebidas y alimentos, para reponer fuerzas, y pidió que les contaran las últimas aventuras, diciendo:

—Aunque colgué la vihuela cuando gracias a Robin pude empezar mi vida sedentaria, de vez en cuando me gusta componer una balada. Y ahora creo que seré el primero en cantar la historia de cómo Jorge y Robin se conocieron y sellaron una eterna amistad.

La casita era modesta, pero sólida, y allí podían estar bien resguardados de la inclemencia del tiempo. Porque, aunque era poco más de mediodía, el cielo se había cubierto del todo y brillaban relámpagos en el cielo. Las ventanas de la casa estaban todas cerradas, excepto la que daba al bosque. El sonido de la lluvia violenta y los truenos amenazadores apagaban el alegre crepitar del fuego. Mariana estaba inquieta y, aunque seguía la conversación, miraba a su alrededor: la mesa de madera de pino, los estantes de la cocina con platos, cubiertos y cazuelas, los hierros del hogar, los armarios que debían guardar alimentos y ajuares, la ventana que daba al bosque, por cuyos cristales empañados no se divisaba nada, la escalera que llevaba al piso superior, la ventana...

—¡Robin! —Mariana agarró fuertemente la mano de su marido, mientras murmuraba su nombre al oído.

—¿Qué te ocurre, mi señora?

—Lo he visto. Por aquella ventana. Estoy segura.

—¿Qué es lo que habéis visto?

—Un casco y un penacho. Ha pasado muy rápidamente, pero en ese momento la luz de un relámpago me ha permitido distinguirlo. Y el penacho es del mismo caballero con quien nos cruzamos en el camino.

Alan se levantó, atrancó la ventana, y Robin, en voz baja, dio instrucciones a todos. En primer lugar verificaron que todas las ventanas estaban fuertemente protegidas por barras de hierro. Luego, junto al fuego, mantuvieron un silencio total, acechando e intentando adivinar los ruidos que venían del campo.

Al cabo de un rato oyeron que alguien golpeaba la puerta. No contestaron.

—¡Por favor, buen campesino! ¡Abridme la puerta! ¡No me neguéis posada en una tarde como ésta!

—¿Quién sois? —preguntó Alan.

—Soy un soldado del señor de Wakefield, que me he extraviado y temo que no sabré salir del bosque. ¡Abridme, por favor!

Mariana cuchicheó al oído de su marido que le extrañaba mucho que el señor de Wakefield, que estaba enfermo, hubiera enviado una patrulla por aquel bosque, que ya quedaba fuera de su dominio. Claro que el soldado podía haberse extraviado.

—¡Un momento, soldado! ¿Cómo sé que venís solo y que no queréis irrumpir en mi casita con vuestros compañeros y asolarlo todo?

—¡En nombre de Dios, os digo que estoy solo!

Calló el soldado. Los aguzados oídos de Robin adivinaron que el soldado hablaba con alguien en voz baja. Y decidió que había llegado el momento de actuar. Llamó a Alan y le dijo al oído:

—Que vuestra esposa traiga todas las armas que pueda encontrar, y todos los hierros, palos o herramientas que puedan servirnos. Que lo haga en silencio. Vos, mientras tanto, dad conversación a esos hombres, entretenerlos.

No le costó mucho a Alan, que había sido juglar, contar una larga historia: se encontraba solo y enfermo, y que ahora mismo abriría la puerta, que tenía que coger la llave, que ya se acercaba, que intentaba dar vuelta a la cerradura, pero que ésta no cedía. Cuando terminó sus excusas ya estaban colocados, a ambos lados de la Puerta, Jorge y Pequeño Juan, cada uno de ellos armado de un palo considerable. Robin blandía una espada, que Elena había encontrado escondida en un desván. Will Scarlett, detrás de la mesa, sostenía un hierro que había servido para atizar las ascuas. Las dos mujeres sujetaban unas largas tenazas, y Alan, que fue el que abrio la puerta, disponía de una pesada cadena.

Era evidente que el soldado que había pedido posada no estaba solo. Entraron en tromba un grupo de guerreros, con pesada armadura, blandiendo picos y mazas de hierro. Desde luego, los habían elegido de buena estatura. Como la puerta era pequeña, los primeros tres que entraron tuvieron que agacharse, y Alan aprovechó el momento en que inclinaban la cabeza para pescar a uno de ellos con su cadena de hierro. Aprovechando la sorpresa, tiró fuertemente de él y le hizo caer al suelo, con gran estrépito. Mientras tanto, Pequeño Juan y Jorge de Wakefield actuando al unísono; golpeaban la celada de los dos compañeros de aquel guerrero y les hacían perder el equilibrio. Así que del primer grupo de tres hombres armados quedó un montón de armaduras por el suelo, que pugnaban por levantarse.

Detrás de aquel grupo, otros soldados lanzaron sus flechas, desde el umbral, y las mujeres tuvieron que esquivarlas y retroceder. Los guerreros caídos no sucumbían fácilmente, y trabaron desigual combate, cada uno de ellos con el hombre que le había derribado. Era difícil luchar a brazo partido contra soldados protegidos de hierro, pero era fácil vencerlos en destreza, esquivar sus golpes, hacerles perder el equilibrio.

Los arqueros lograron penetrar en la casa. Robin Hood, detrás de una mesa, dejó que se aproximaran, buscándole a él, sin duda, y cuando, bajo su escondite, vio las piernas de sus enemigos, salió de la mesa, rápido como un felino, y sin darles tiempo a reponerse de su asombro les atravesó el corazón con su espada. Entonces acudió rápido hacia Mariana, que propinaba feroces golpes a otro soldado armado de cota de mallas, pero que estaba amenazada por el golpe de la pesada maza de otro soldado.

Al cabo de un rato la pelea estaba en pleno apogeo. En total habían entrado doce asaltantes, de los que Robin había eliminado a dos. Otros dos, convertidos en un proyectil humano en brazos de Pequeño Juan, fueron lanzados por la puerta y sabe Dios a qué distancia cayeron. Las mujeres habían logrado acorralar a uno y hacerle caer de bruces sobre el fuego, donde aullaba de dolor. Quedaban siete soldados, pero pronto Jorge ayudó a Pequeño Juan en su empresa de echar de casa a personas indeseables: agarrando cada uno de un brazo a uno de los hombres con armadura, le dieron impulso y allá fue a parar, al bosque o al camino real.

Robin Hood, con la espada en la mano, luchaba como un jabato, especialmente protegiendo a las mujeres y a Alan, no tan ducho en la lucha cuerpo a cuerpo. En vista del cariz que tomaban los acontecimientos, dos soldados aprovecharon un descuido de los colosos que guardaban la puerta y echaron a correr, huyendo de aquella ratonera.

Ahora los cuatro sobrevivientes se daban cuenta de que no podían ganar la contienda, pero habían echado mano a la espada y, como sólo Robin podía defenderse con la misma arma, mantenían a raya a los demás. Sin embargo, con un increíble gesto de arrojo, Alan había subido por la escalera y desde allá se dejó caer sobre uno de los guerreros, que cayó al suelo sorprendido y al que pronto pudieron arrebatar la espada. Robin la recogió, se la lanzó a Will y formando un dúo atacante fueron haciendo retroceder a los hombres hasta la puerta. No querían retroceder, pero comprendían que la situación era desesperada y luchaban por salvar su vida. Finalmente, Robin logró derribar a uno de ellos, amenazarle con la espada sobre el rostro y dejar que las mujeres descargaran sobre su cabeza una hermosa colección de sartenes y cacerolas. Igual operación tuvo lugar con los demás, pero el último, que era el caballero del penacho, sin duda el jefe de todos ellos, parecía un demonio por su agilidad y su resistencia. Estaba luchando con Will, y en una de las fintas le golpeó de lado y le tiró la espada al suelo. Iba a abalanzarse sobre el maltrecho Will, cuando su espada chocó contra la del derribo. En efecto, Mariana se había apresurado a recoger el arma del suelo y plantaba cara al jefe de los enemigos.

Los demás, que prácticamente habían acabado con todos los guerreros, contemplaron aquel singular combate entre la doncella y el capitán. O bien la dama de Sherwood tuvo mucha suerte, o bien su pericia era extraordinaria; el caso es que logró derribar al caballero, momento en el que cayeron sobre él Pequeño Juan y Jorge de Wakefield.

Mariana, con la espada en su cuello, le dijo al caballero:

—¡Os he reconocido desde el momento en que os cruzasteis con nosotros en el camino! ¡Y estáis a merced mía!

—¡Por favor, caballero! —gemía el desdichado—. Perdonadme la vida y seré vuestro más fiel servidor.

Mariana elevó la mano izquierda y se desató la cinta que recogía su cabellera, dejándola caer en torno al rostro.

—¡Mariana! ¡Por amor a vos he hecho todo esto! ¡Por conseguir que aceptarais mi devoción!

—Callaos, mentecato. Bien sabéis que soy la legítima esposa de Robin Hood, su compañera de fatigas, y que no debéis ni soñar siquiera en que me fije en vos.

Robin Hood intervino. Junto a Mariana, miró al maltrecho conde Guido, pues no era otro el jefe de aquella banda de soldados, y le dijo:

—Mucho daño me habéis causado, conde Guido. A mí, a mi hacienda y a mi esposa Mariana. Tenemos argumentos más que sobrados para mataros, y podíamos responder tranquilamente de nuestros hechos ante cualquier tribunal del rey. Pero no queremos pagaros con vuestra misma moneda.

—Tiene razón mi esposo. A mí —dijo Mariana— me basta con haberos humillado de esta manera y con haberos demostrado que, además de esposa de Robin, soy una buena luchadora.

Hicieron ponerse en pie al caballero y Robin dijo:

—Perdón, conde Guido, por no haberos presentado a mis compañeros: Alan y su esposa, Will Scarlett, Pequeño Juan, Jorge de Wakefield y su esposa.

—¡Jorge de Wakefield! —el conde sintió un estremecimiento frío—. ¡Los dos enemigos públicos juntos!

—Y cada día irán saliendo más enemigos públicos de vuestra maldita causa, y más defensores del buen rey Ricardo. Por cierto, señor conde, vamos a dejaros marchar en libertad, pero antes tenéis que jurar por vuestra palabra de caballero eterna amistad y fidelidad a Robin Hood, a Jorge de Wakefield y a sus amigos.

—¡No lo haré, no! ¡Soy un caballero!

Mariana empujó la espada, pinchándole el cuello.

—Sois libre de hacer lo que queráis —comentó la doncella—, pero nosotros también somos libres de rebanar vuestro pescuezo.

—Está bien —dijo el conde—. Adelantadme la espada y haré el juramento.

Robin agarró la espada del conde por el filo y le acercó el mango. Colocando su mano sobre él, el conde juró, por la cruz de su espada ser fiel a la palabra prometida.

—Imagino —añadio luego Robin— que en esta expedición no habréis traído monedas de oro o de plata con que contribuir al rescate del rey. Pero aceptamos también todo tipo de donativos. Por ejemplo, todas las armas de vuestros hombres, vuestros caballos, vuestra espada y vuestra armadura. Juan —se dirigió a él—, ayuda al señor conde a despojarse de su armadura y hazle correr un poco por el bosque para que no se enfríe, porque está muy acalorado.

Juan hizo salir de la casa al conde cuando éste se hubo quedado vestido tan sólo con una larga túnica. Todos rieron y celebraron el éxito de la aventura, y afortunadamente Alan encontró una buena barrica de vino añejo, que guardaba para el día en que naciera su hijo, pero que se empeñó en abrir, porque, como decía él, «hoy hemos vuelto a nacer todos nosotros».

Al acabar el improvisado festín, Robin Hood comunicó a Alan que continuarían la marcha hacia el campamento. El antiguo juglar insistió en que se quedaran todos a dormir allí, pero Robin le dijo que, estando tan cerca del campamento y una vez que habían acabado con sus enemigos, tenían el camino expedito, y, además, en el campamento todos estarían preocupados pensando si les había ocurrido alguna desgracia... ¡o si habían sido presos del malvado Jorge de Wakefield!

Era noche cerrada cuando se despdieron de Alan. Robin le dijo que pagaría todos los desperfectos causados y que lamentaba haber entrado en su casa como huésped para atraer hacia él la desgracia. Pero Alan no quiso aceptar pago alguno:

—¡Si soy yo quien tiene que pagaros el haber recuperado a mi esposa de las garras del obispo Olegario y del señor de Trentwyne!

La última en despedirse de la partida fue la linda esposa de Alan, quien, dirigiéndose a Mariana, le hizo esta confidencia:

—No sé si atreverme a pedírselo. Quisiera que vos y el señor Robin Hood fueran padrinos de... de nuestro primogénito.

—¡Caramba, qué callado que lo tenías! ¿Para cuándo lo esperáis?

—Dentro de cinco meses. Vendrá por el otoño. Y espero que por lo menos él conozca tiempos felices, con el regreso del rey y de la tranquilidad a Inglaterra.

Mariana se emocionó ante esta noticia. Pero, a la vez que se sentía alegre, deseaba también poder experimentar ella la misma alegría que sentía ahora la mujer de Alan: saberse rellena de vida, transmisora de esa vida que es el único consuelo en época de calamidades.

Caminaban ya a paso lento, contándose hazañas y gastándose bromas. Era terreno conocido para los hombres de Sherwood, y sabían que pronto encontrarían el primer centinela, escondido en lo alto de un árbol, montando el primer círculo de alerta en torno al campamento. Y resultó ser nada menos que el pequeño Much, que admiraba a Robin y lo consideraba como un padre. Obedeciendo a las órdenes previstas lanzó una flecha veloz hacia el centinela más internado del bosque y guardó silencio, porque ni siquiera en presencia de Robin Hood podían los centinelas hablar con los proscritos, medida de prudencia para el caso de que alguien los siguiera.

Esta vez fue Mariana la que, al escudriñar al joven escondido entre las ramas, le dijo:

—Bajad de ahí, Much. Esta noche me tomo yo la libertad de dar las órdenes. Seguro que nadie nos sigue. Venid con nosotros a celebrar el éxito de la aventura.

Much ansiaba escuchar nuevas historias. Bajó del árbol, saludó a Robin y tomó del ronzal el caballo de Mariana, mientras acosaba a ésta a preguntas y miraba por el rabillo del ojo a aquella mujer, vestida también con traje masculino, que acompañaba a la partida. Cuando Mariana le explicó quién era, comentó:

—El campamento se va a llenar de mujeres, mi señora. Pero podíais haberme buscado una novia en vuestra visita a Makefield...

—Os la tendréis que buscar vos, pequeño Much. ¿No hay ninguna fiesta en los pueblos que rodean al bosque? Allí podríais encontrar una buena moza.

Much calló, porque tal vez Mariana le había adivinado el pensamiento. En las Navidades pasadas estuvo en el pueblo de un tío suyo, en Sneinton, que se encontraba a pocas leguas de la ciudad de Nottingham, y allí conoció a una muchacha que, hacía muchos años, había jugado con él y con los demás rapaces en el molino del padre de Much. Recordaba de aquella época que era una chiquilla de mal genio, delgaducha y gritona. En las Navidades la volvió a ver y no la reconoció. Como el patito feo del cuento, se había transformado en una moza dulce, atractiva y segura de sí misma. Much sentía un gran efecto hacia ella, y se había prometido que al llegar la Pascua volverían a Sneinton, y entonces, si lograra tener un poco de valor, le confesaría su amor. Precisamente en las noches de vigía soñaba despierto, pensaba en la felicidad que le esperaba, construía castillos en el aire, para luego darse cuenta de que era tan tímido y tan apocado que difícilmente conseguiría confesarle su amor. Aquella broma que había gastado a Mariana era, en realidad, una forma de escaparse de sus pensamientos. Porque, aunque pareciera mentira, esa mujer que ahora llegaba al campamento como esposa de Jorge de Wakefield ¡se parecía mucho a la joven de Sneinton!

Fueron acercándose al claro del bosque. Los hombres se reunían en torno al roble, porque, por el sistema de comunicación por flechas, ya se habían enterado del regreso de su jefe y del otro campeón del rey Ricardo. El hermano Tuck echó a correr, haciendo balancear su enorme barriga, y al alcanzar el grupo les bendijo y les abrazó. Detrás venía el hermano Jorge, el juglar Gilberto y todos los hombres de Sherwood. Hicieron subir a Robin a la piedra enorme que había bajo el roble y le hicieron contar todas las aventuras. Luego subió a la tribuna Jorge, quien dijo a los proscritos:

—¡Quiero que me toméis el juramento de ser un hombre fiel a Robin y a la causa que defiende! ¡Y que también se lo toméis a mi esposa!

Aquello fue nuevo motivo de júbilo. Se les tomó el juramento, y los frailes les recordaron aquello de «si así lo hiciereis, que Dios os lo premie, y si no, que os lo demande». Los hombres lanzaron sus sombreros al aire, y después del juramento hubo una alegre reunión, rociada de buen vino. Como la noche era fresca, la reunión se celebró al aire libre. Isabel, recostada en el hombro de Jorge, se quedó dormida. Mariana, contemplándola, dijo a Robin:

—Mírala. Es muy hermosa, ¿verdad?

Robin acarició el rostro de Mariana:

—Sí. Muy hermosa. Pero no puede compararse con vos.

Mariana permaneció callada. Luego le susurró al oído:

—Pues Jorge es muy buen guerrero. Fuerte, ágil, diestro...

—¿Acaso queréis decir que se iguala a mí?

—No seas tonto, Robin. Tú eres algo especial.

—Y tú también, amada.

Isabel soñaba en peleas interminables contra dragones de mil cabezas. Much también se había quedado dormido, junto a la señora Mariana, y el hermano Tuck, recordando la conversación que tuvo con la dama de Sherwood mientras pescaba, el día anterior, se dijo que en ocasiones después del temporal viene la calma, o que, dicho de otra manera, no hay mal que por bien no venga.

XII

LA PRISION DE MARIANA

Después de la primavera vino el verano, y tras el verano llegó el otoño. La vida seguía su ritmo normal, su cambio continuo, su ciclo inacabable, mientras la situación en Inglaterra iba cambiando.

Ya no eran sólo rumores. Ahora parecía confirmarse la noticia de la prisión del rey Ricardo en Austria, y parecía confirmarse también el hecho de que, si se pagaba el rescate fijado por el archiduque, el inglés podría salir de la prisión y regresar a su tierra.

El conde de Chester, en el norte del país, encabezaba el grupo de los fieles al monarca que partio én peregrinación a Tierra Santa, y se contaba que en el sur, y en el centro, muchos nobles habían jurado fidelidad al auténtico rey y habían rechazado su apoyo a Juan. Pero también aumentaban los partidarios del regente, es decir, el país se encontraba ya en plena guerra civil. Las enemistades entre nobles, que antes no necesitaban de razón especial, ahora se justificaban en la lealtad a uno u a otro monarca. Lo que parecía claro era que el regente no aceptaría a su hermano por las buenas. Por tanto, aunque las estaciones siguieran su curso eterno, Inglaterra cambiaba de aspecto y se preparaba para una dura contienda.

Por caminos extraños, todos los tributos recaudados a las buenas o a las malas para liberar al rey Ricardo salían del reino y cruzaban el canal de la Mancha. Jorge de Wakefield, el conde de Chester, Ricardo at Lee, muchos recaudaban los dineros necesarios, y el juglar Blondel, amigo del rey cautivo, aparecía aquí y allá, a veces traído sólo por la leyenda o por las cantinelas de los juglares, para recoger el donativo, dar las gracias y desaparecer entre las brumas, rumbo a los puertos del sur.

Guido de Gisborne, pese al odio que sentía hacia Robin Hood y pese al deseo que tenía de hacerse con Mariana, que varias veces le había puesto en ridículo, no lograba romper el cerco que se mantenía en torno al bosque de Sherwood. Herberto, su padre, falleció al comienzo de aquel otoño, y se encontró, solo, al frente de todas sus posesiones. Y empezó a contarse que Guido, el apuesto, el luchador, empezaba a olvidarse del ejercicio de las armas y a dedicarse a extrañas aficiones: dicen que se reunía con judíos y hombres de reputación maléfica, y en su castillo mezclaba metales en redomas buscando conseguir óro puro. A esta actividad, que los más sabios de Nottingham llamaban alquimia, entregaba su tiempo y descuidaba el negocio diario de su feudo. Los campesinos se burlaban del conde y comentaban que todo eso se debía a que no había encontrado ninguna doncella noble que quisiera ser su esposa. El mismo *sheriff* de Nottingham alimentaba estas leyendas, que le permitían actuar como único juez del territorio, sin tener que medir sus poderes con los del conde.

En ocasiones olvidaba el conde el deber de sus vasallos de pagar sus tributos y, de hecho, las poblaciones y aldeas más cercanas al bosque de Sherwood se habían liberado ya de toda tutela y pagaban tributo voluntario solamente a Robin Hood, quien lo reunía para ayudar a los más necesitados o para engrosar el tributo que debería liberar al rey Ricardo.

Todas estas noticias llegaron a los oídos del regente Juan, quien se enfureció y maldijo la extraña afición que le había llegado al príncipe Guido. En una época de intensa guerra civil, el descuido de Guido significaba que cualquier otro señor, como el conde de Chester, podría hacerse fácilmente con sus dominios. Mucho más en ese territorio donde Robin Hood contaba con muchos soldados propios y con miles de campesinos que empuñarían las armas, o las hoces, si era Robin Hood quien les guiara.

Así que el regente se decidió a visitar a Guido acompañado del duque Isambart de Belame. Era éste uno de los seguidores del regente Juan que tenía más propiedades, aunque a bastante distancia hacia el sur del castillo de Locksley, y cuyo castillo, el de Evil Hold, era una de las fortalezas más inexpugnables del reino. El regente Juan, taimado y calculador, había inventado un plan para acabar de una vez con Robin Hood y, a la vez, sacar a Guido de su locura y convertirlo en un ardiente guerrero que defendiera sus tierras contra los seguidores de Ricardo.

La visita fue una ocasión nunca vista en los alrededores, porque Isambart y Juan aparecieron custodiados por una fuerte guardia de doscientos jinetes, que vestían en penachos y en gualdrapas y estandartes los colores de los dos ilustres visitantes.

Guido se extrañó de aquella visita, y mucho más de lo que el regente le dijo, cuando se encontró a solas con él y con Isambart:

—Querido conde, sabéis que sois uno de mis mejores amigos y vasallos, y que os debía esta visita como homenaje a vuestro padre Herberto, a cuyos funerales no pude asistir por encontrarme en el sur, luchando contra esos nobles infieles que pretenden que el rey Ricardo ha regresado a Inglaterra.

Guido escuchaba las palabras del regente, pero seguía preocupado por los experimentos que estuvo haciendo en una de las salas del castillo, en que casi, casi, estuvieron a punto de convertir el hierro en oro.

—Además, querido Guido, comprendo que la muerte de vuestro padre os haya trastrocado. Sí, sí, no me interrumpáis, os ha trastrocado. Por eso quiero hacerme cargo de vos, como si fuerais mi tutor y ayudaros en lo que supongo que han sido vuestras dos más grandes preocupaciones.

Guido le miró a la cara. ¿Qué querría decir el regente? Este le atrajo hacia sí, y le agarró por el hombro. Isambart se mantenía discretamente callado.

—Lo he comentado con Isambart de Belame, porque es el caballero más noble y más poderoso del reino, y lo tengo en mi confianza. El podrá ayudarnos a realizar los dos sueños de vuestra vida. ¡Que vuestro padre, desde el cielo, escuche estas palabras y tenga el reposo que se merece!

Se santiguaron, por respeto a la memoria del conde, y Juan continuó explicando:

—Vos siempre habéis deseado acabar con Robin Hood y con sus hombres. Y, a la vez, conseguir a Mariana. La verdad es que no me importa si su matrimonio fue legítimo o no.

—¡No fue legítimo! ¡Yo mismo fui testigo! —dijo Guido airado, pero saliendo desde hacía bastante tiempo de su letargo y de su aturdimiento.

—Bueno, bueno, como queráis, Guido —prosiguió Juan—. Pero ¿y si Mariana queda viuda? Entonces nadie podrá acusaros de nada. ¿No os parece?

—¡Viuda Mariana! Entonces pensáis eliminar a Robin Hood, cosa que yo he intentado...

Intervino entonces Isambart:

"... Los guerreros caídos no sucumbían fácilmente, y trabaron desigual combate, cada uno de ellos con el hombre que le había derribado. Era difícil luchar a brazo partido contra soldados protegidos de hierro, pero era fácil vencerlos en destreza, esquivar sus golpes, hacerles perder el equilibrio".

(pág. 120)

—Mi querido conde, no conocéis los hombres con los que yo cuento. Cientos de hombres. Y además, bien entrenados, bien preparados. Y curtidos por todas estas batallas que, con el príncipe, hemos vencido.

¿Y entonces?

—El plan es el siguiente —ahora tomó la palabra Isambart y el regente se alegró de comprobar cómo iba cambiando el aspecto del conde Guido—. Efectuamos una maniobra de distracción del enemigo, y entonces atacamos el campamento. Raptamos a Mariana y la llevamos a mi castillo. Nos preparamos para el ataque de los hombres de Robin Hood. Como se encontrarán en un territorio desconocido, y allí no tendrán ni espías ni aliados entre el pueblo, esperamos que se presente ante el castillo. Y en ese momento, ¡plaf!, lanzamos toda nuestra fuerza contra él. Luego os casamos con Mariana. ¿Qué os parece?

—Lo que no entiendo —dijo Guido, que empezaba a razonar— es porqué necesitáis de mí. La verdad es que queréis acabar con Robin Hood. Lo de mi futura boda con Mariana no viene demasiado a cuento.

El príncipe le explicó la razón a Guido:

—Estamos empezando a entendernos. Queremos acabar con Robin Hood, y en esta zona el noble con más posibilidades de hacerlo sois vos. Aunque vuestras posibilidades son pocas. El *sheriff* de Nottingham podía ayudarnos, pero cuenta con pocos hombres y ha fracasado también en esta empresa. Sin embargo, aunque no podáis acabar con el rebelde, sí que podéis ayudarnos en una parte de la empresa. Claro que debéis salir de vuestro letargo y ejercitaros un poco en el uso de las armas. El premio me parece que vale la pena.

—¡Mariana! —suspiró Guido—. ¡Toda una vida soñando en ella!

—No tanto, querido Guido, no tanto. Soñando en ella soñabais en vos mismo, en ser superior a Robin Hood, en usar su esposa como desearíais usar su espada o su caballo.

Guido intentó replicarle, colérico, pero el príncipe le interrumpió:

—¡Así me gusta veros! ¡Rabioso como un hombre! Si organizáis una maniobra que exija la presencia de Robin Hood y de sus mejores hombres, Isambart podrá atacar el campamento. Nadie sospechará que él, que se encuentra a muchas leguas de esta tierra, intente actuar contra Robin. ¿Lo habéis entendido?

—Sí, sí, todo está claro. Pero ¿qué maniobra de distracción podría emprender?

—Ya lo hemos pensado. Con la ayuda del obispo Olegario, de Petersborough, proclamáis que Richard at Lee, ese pobre caballero que tanto estima a Robin Hood, os ha ofendido gravemente. Inventad algo: eso es cosa vuestra. Entonces os lanzáis al asalto de su fortaleza con todos vuestros hombres. Sin ninguna duda, en cuanto el proscrito se entere acudirá en su defensa. La clave del éxito de nuestra operación es que funcionen bien las comunicaciones. ¿Tenéis un palomar en el castillo?

—¿Un palomar? No entiendo.

—¡Sois un poco torpe, mi querido Guido! Isembart ha traído varias de sus palomas mensajeras. Uno de sus hombres os enseñará cómo hay que colocarles el mensaje en la pata, ajustarlo con una anilla y lanzarlas al aire. En unas horas Isambart se enterará de que habéis emprendido la marcha hacia la casa señorial de Richard at Lee, y sus hombres, que ya estarán preparados, acudirán a toda velocidad al bosque de Sherwood.

Así se selló una alianza, y así el príncipe Guido acabó su etapa de alquimista. Era el mes de octubre, y a la ilusión de convertir el metal en oro sucedió en la mente de Guido de Gisborne otra ilusión, tan vana como aquélla: conseguir, por fin, convertir a Mariana en su esposa.

. . . .

Aquél fue un día aciago. Robin Hood, al frente de la mayoría de sus hombres, había acudido en defensa de su amigo Richard at Lee, al que, por alguna extraña razón, habían atacado los hombres de Guido y los del *sheriff* de Nottingham. La fortuna, que siempre le había acompañado, iba a abandonarle. Porque aunque fue fácil hacer huir a los hombres de Guido esa misma facilidad comenzó a olerle a cosa rara. ¿Por qué había atacado el atontado Guido a Richard, que no contaba sino con unos soldados para defenderle? ¿Por qué había acudido con tanto despliegue de tropas? Y, sobre todo, ¿por qué sus hombres se habían mostrado tan poco valerosos en la lucha y casi todos habían huido? El propio Guido, que al principio estaba al frente de sus tropas, rehuyó la lucha cuerpo a cuerpo, y, protegido por sus guerreros más corpulentos, entre los que se encontraba el viejo enemigo Worman, emprendió la huida a su castillo.

Al regreso al campamento de Sherwood, después de celebrar el éxito con sir Richard y de oír de sus labios que no acababa de comprender aquella extraña empresa de Guido, sólo atribuible a su creciente locura, Robin empezó a adivinar la verdad: debe ser una trampa. Deben haberme hecho salir del campamento para... ¿para qué? Y un presentimiento le dijo que algo le debía haber ocurrido a Mariana.

Dio orden a sus hombres de galopar a toda velocidad, de agotar los caballos, pero esa orden no sirvió para evitar la desgracia. Al adentrarse por el sendero que salía del camino real ya vieron una columna de humo que se elevaba en el centro del bosque. Y al llegar al claro del roble la escena no podía ser más patética: hombres acribillados, retorciéndose de dolor, las chozas y tiendas humeantes, charcos de sangre. «¡Tal vez no hayan llegado a las cuevas!» —pensó Robin—, y así se lo dijo a Scarlett y a Pequeño Juan, que iban con él al frente de sus hombres. Pero esta vez el gigantón no tuvo ninguna broma, y de los ojos de Scarlert colgaba una lágrima.

En las cuevas había señales de la irrupción de un grupo de hombres armados, pero no habían tenido tiempo de dedicarse al saqueo. Se habían contentado con dejar fuera de combate a los defensores de aquellos escondrijos y con llevarse prisionera a Mariana y a cinco proscritos.

El hermano Jorge y el hermano Tuck yacían en el suelo, inconscientes, con el rostro chorreando sangre, agarrados aún a dos gruesos palos. Robin bajó del caballo, pidió a uno de sus hombres que vaciara su pellejo de agua en el rostro de los hermanos y éstos balbucearon:

—¡Qué desgracia, Dios mio, qué desgracia! ¡Mariana prisionera! ¡Mariana cautiva! ¡Los hombres de Isambart! ¡Isambart de Belame! ¡Dios nos proteja!

Aquélla fue una noche triste. Menos mal que no todos los hombres que defendieron el campamento habían muerto y que lograron encontrar a Much. El juglar Gilberto, sin embargo, que tantas veces había alegrado su vida de proscritos, había muerto defendiendo con un arco la vida de su señora.

Los frailes, cuando pudieron caminar, bendijeron a los compañeros fallecidos y les dieron cristiana sepultura. Robin Hood, bien entrada la noche, conferenció con su estado mayor:

—Querido Juan, querido Will, querido hermano Tuck. No

puedo pediros que me acompañéis en esta empresa, porque se trata de un asunto exclusivamente mío. He de arrebatar a mi esposa de las garras de Isambart, y he de acabar con su vida. Y si no lo logro, prefiero morir en el empeño.

—¡Nada de eso! —le atajó Will—. ¡Mariana es más que vuestra esposa! ¡Es nuestra compañera, y nuestra señora, y todos hemos jurado defenderla! Y si morimos a vuestro lado, será una muerte agradable. Todos os seguiremos, señor.

—Conozco bien la fortaleza de Isambart, señor. Antes de entrar en el monasterio —decía el fraile Tuck— ayudaba a mi padre a vender ganado y recorríamos buena parte de Inglaterra. Pero, ¡demonios!, es la fortaleza más terrible del reino, la más enorme, la que está mejor guardada.

—Habrá que pensar un plan —Will meditaba, porque sabía que a Robin le cegaba la pasión y no estaba en condiciones de ocuparse de los detalles.

—¿Planes? ¿Estratagemas? Nada de eso —contestó Pequeño Juan—. Si no nos apresuramos, son capaces de colgarla de lo alto de la torre... y perdón, señor, por la expresión.

Los demás hombres no dormían: esperaban órdenes, con el ánimo quebrantado por la gran desgracia sufrida. Pronto oyeron el cuerno de caza de Robin que los convocaba a la gran cueva, y allí escucharon la orden que todos esperaban: partirían al amanecer. En el campamento sólo se quedaría el hermano Jorge, para poner a buen recaudo cuanto quedaba y amordazar las cuevas. Todos los demás se dirigirían al castillo de Isambart. Y esta vez no era una aventurilla: era la ocasión definitiva. Lo más probable era que todos perdieran la vida, y por eso Robin libraba de su juramento de fidelidad a quien no quisiera seguirle. Nadie dio un paso atrás.

. . . .

Avanzaron en grupos, procurando no llamar demasiado la atención. Fueron reuniéndose al anochecer —porque llegar hasta alla les costó todo un día de viaje— en un bosquecillo desde donde se divisiba la poderosa silueta del castillo de Evil Hold, sede del temido y temible conde Isambart. Acamparon en el bosque, y Robin y Scarlett se acercaron a una aldea vecina para obtener noticias e informes sobre lo acontecido y procurar comprobar cuál era la actitud del pueblo.

La taberna, miserable como el mismo pueblo al que servía, estaba repleta de la concurrencia habitual en una noche de otoño. Robin y Scarlett, cubiertos sus rostros por capuchas, se acomodaron en un rincón alejado, pidieron una jarra de vino y escucharon la cháchara de los lugareños.

Se comentaba la llegada del mal tiempo, especialmente de las brumas, de las nieblas.

—Si en algo nos lleváramos un premio en Inglaterra —dijo uno de los presentes— sería en el espesor de las nieblas y en —miró alrededor y luego bajó la voz— y en la crueldad del conde Isambart.

Otro le contestó:

—Hoy podéis hablar en voz alta. No hay ningún soldado en la taberna. ¿Por qué no ha venido ninguno, posadero?

El posadero, que estaba limpiando unos vasos, le contestó:

—¿Acaso has estado fuera del pueblo para no enterarte de las noticias? Isambart tiene miedo de que asalten la fortaleza y no ha dado permiso a ninguno de sus soldados. Me parece que esperan que el enemigo llegue mañana.

—¿Y qué enemigo es ése, si puede saberse? —preguntó el charlatán del principio.

—Un tal Robin Hood, uno de esos seguidores del rey Ricardo. Isambart parece que le asoló su castillo y le raptó la esposa, y la trajo prisionera. Sí. Esos nobles siempre se están peleando: que si el rey vive, que si el rey ha muerto... ¿Y quién paga los platos rotos? Pues nosotros.

—¿Y cuándo efectuó esa operación contra el tal Robin? —continuó diciendo el charlatán.

—Hoy mismo han regresado. Perdieron bastantes hombres en el asalto. Y trajeron prisioneros. Cinco. Pero con ésos no se tomaron la molestia de alquilarles una celda de prisioneros, no. Los ahorcaron delante mismo del castillo. Y es una pena. Parecían unos bravos mozos.

Robin y Scarlett, aunque ocultos por las sombras de aquel rincón, no pudieron disimular su dolor. ¡Cinco de sus hombres colgados! Habían hecho la cuenta y habían descubierto, en efecto, que faltaban Joaquín Prate, el intendente; los dos a quienes Robin Hood liberara de perder los ojos y que se unieron a su filas, y otros dos, uno de ellos de bastante edad, que se había unido a sus filas aquel verano.

Siguieron escuchando, por si les contaban más detalles sobre el castillo, sobre la disposición de las fuerzas, sobre los turnos de guardia. Pero pronto trataron el tema de las próximas fiestas de Pascua, que coincidían con la fiesta del pueblo. Robin hizo a Will un signo: debían regresar con sus hombres y con el fresco de la noche ultimar los preparativos. Por lo menos había dos datos interesantes: Isambart le esperaba, pero no contaba con todos sus hombres; la niebla, que ya era espesa, lo sería más al amanecer. Esa debería ser la hora del ataque. ¿O tal vez, aunque su corazón se consumiera de ira, debería esperar todo un día y atacar al caer el sol? Claro que atacar un castillo como aquel era como empeñarse en derribar una montaña de cabezazos. Debería haber otro sistema.

Cuando salían de la posada se les acercó un hombre algo jorobado, cubierto de casaca parda. Les dijo que quería hablar con ellos a solas un momento. Procurando que nadie le viera, y en voz baja, les dijo:

—Señor, sois Robin Hood, a quien he estado esperando toda la tarde. Estaba oculto en un rincón de la taberna, pero os he visto entrar y he comprendido que queríais pasar inadvertido.

—¿Qué tenéis que decirme?

—Es una larga historia, señor, pero no hay tiempo para contarla toda. Sabed que yo era el mayordomo de los antiguos dueños del castillo.

—¿Antiguos? Luego Isambart...

—Isambart pertenece a una de las familias normandas que usurparon tantos castillos de los fieles sajones. Os resumo los hechos: Al abandonar el castillo, mi señor sajón me pidió que me quedara a vivir en las cercanías de su fortaleza y que guardara una llave que abre un portón trasero que da acceso a unos pasadizos que conducen a las celdas del castillo. Cuando los padres de Isambart tomaron posesión del castillo y lo recorrieron todo, pensaron que aquel portón trasero no tenía llave, y como no interesaba que hubiera otra entrada, sino la del puente levadizo, jamás se interesaron por mandar que se hiciera llave nueva. He estado esperando que llegara mi oportunidad de demostrar a mis antiguos señores sajones que sé vengar la usurpación de los normandos. Y vos, señor, sois mi mesías prometido. Aquí esta mi llave.

Y sacó de debajo de su parda casaca una inmensa y corroída llave. Will, que ya desconfiaba hasta de su sombra, le preguntó:

—¿Y cómo podemos estar seguros de que decís la verdad?

—Comprendo que es difícil de creer esta historia. Pero os voy a dar pruebas de mi veracidad. ¿Veis aquella casita junto a pozo? Allí vivo. Cuando os dispongáis a asaltar el castillo, mandad a alguno de vuestros hombres y yo os acompañaré. Además, tal vez os pueda ser de utilidad, porque conozco esos complicados pasadizos como si fueran mi propia casa.

Robin agradeció la ayuda, tomó la llave que le ofrecía aquel hombre y, preparando planes de ataque, continuó con Will su camino.

....

Se había dispuesto el ataque al atardecer. Fue un día inquieto, nervioso, en que todos los hombres de Robin se sentían como leones enjaulados. El otoño había llegado muy frío, y en cuanto el sol empezó a descender se extendió una espesa bruma, que ayudaba los planes del proscrito.

Dio la orden a todos, mandó a Much a casa del antiguo sirviente de los condes sajones y apostó las tropas bajo los últimos arbolillos del bosque, divisando la silueta del castillo. Penetrando con la vista la creciente bruma podía distinguirse, sobre el portalón de entrada, la siniestra silueta de cinco cuerpos que se balanceaban en el aire. Todos guardaron un impresionante silencio ante sus compañeros mártires, y el fraile Tuck, por una vez solemne y serio, entonó un padrenuestro.

Aún lo estaban rezando cuando divisaron un caballero que rodeaba el castillo y se dirigía, a buen paso hacia ellos. Cabalgaba sobre corcel enjaezado de colores negros. Vestía armadura negra y sobre el yelmo lucía un penacho igualmente negro. Era de considerable estatura, y al verlos no cambió el rumbo de la marcha, sino que caminó tan tranquilo como si hubiera visto una ardilla. Hacía girar con la mano diestra una inmensa hacha de guerra de tamaño descomunal.

—¿A dónde vas, señor? —le preguntó Robin, que, a caballo al frente de sus hombres, aún estaba impresionado por el siniestro espectáculo de sus compañeros ahorcados.

—Voy a donde quiero, y no tengo por qué dar explicaciones a nadie. Pero si queréis saber a dónde voy ahora, voy en busca de refugio.

—¿Y por qué no acudís a ese castillo que habéis rodeado? Si sois de la causa del regente Juan encontraréis allí amigos y cobijo.

—Estoy relacionado con el príncipe Juan, es cierto.

—Pues pedid posada en el castillo y tendré el placer de mataros muy pronto, junto con el malvado Isambart de Belone.

El caballero no abrió su visera ni reveló su rostro. Tampoco se impresionó por las palabras de Robin, aunque le preguntó si pensaba matar a Isambart simplemente porque seguía al regente Juan.

Robin le contó el ataque efectuado a su campamento y el rapto y prisión de su esposa. Entonces el caballero negro le dijo:

—Comprendo tus razones. Y me parece que voy a ayudaros en esta empresa.

—Caballero negro —contestó Robin—, aunque sois normando, también lo era el padre de mi esposa, y también lo es Ricardo, el mejor de todos ellos. Por eso acepto vuestra ayuda. Tengo un plan.

—¿Un plan? ¿Con tan pocos hombres? Contádmelo todo, aunque sin duda debéis estar loco si creéis que se puede entrar en esa fortaleza con facilidad.

Y Robin contó al caballero negro su plan de ataque.

XIII

EL CABALLERO NEGRO

—¿Conocéis a Isambart de Belame? —preguntó Robin Hood al caballero negro.

—Sí que lo conozco. Y no sabía que hubiera cometido esa felonía contra vuestra esposa.

—Mirad, caballero. Lo mejor será que vos acometáis por delante, por la puerta del puente levadizo. Guiaréis a la mayoría de mis hombres. Los arqueros os cubrirán, liquidando a los defensores del castillo que asomen por las troneras. Yo entraré por un portón trasero con una docena de hombres, me abriré paso por los pasadizos hasta el patio de armas y procuraré bajar el puente. Pero es una empresa muy arriesgada, y es cierto que nos jugaremos la vida.

—Mil veces me la he jugado. No temáis. Podéis confiar en mí.

Era extraño que Robin se fiara de un caballero salido de la niebla y del misterio, pero algo en su corazón le decía que el jinete negro luchaba por la justicia y que era un hombre fuerte y decidido.

—¿Cómo os llamáis, caballero? —preguntó Robin.

—Algún día sabréis mi nombre. Ahora presentadme a los valientes que me seguirán y pongámonos de acuerdo sobre la comunicación entre el grupo que penetre por el portón trasero y los que vendrán conmigo.

Se reunieron todos los hombres de Robin, que sumarían unos sesenta. Todos tenían ganas de empezar la acción. Pequeño Juan acariciaba un inmenso arco, y Will estaba bien pertrechado de espada, daga y arco.

—No perdamos tiempo —les dijo su jefe—. Vendrán conmigo los que sepan nadar, porque tenemos que atravesar el foso del castillo y aprovechar el desconcierto que causará el ataque frontal para penetrar por los pasadizos. Confiemos que Isambart llame en su defensa a toda la guarnición y así tengamos vía libre.

—¿Cómo sabremos que ya habéis entrado? —preguntó el fraile Tuck, que, como no era de los nadadores, se hizo a un lado junto al caballero negro.

—Os enviaré a Much corriendo y bordeando el foso. Este buen hombre, Dickon de Hartshead, que conoce los secretos del castillo, nos acompañará y, sin duda alguna, me llevará a la celda donde está presa mi señora Mariana. Los que vengáis conmigo dejad los arcos, porque al atravesar el foso las cuerdas se mojarían y de poco nos servirán luego. Coged simplemente esas rodelas. Dentro del castillo iremos al cuarto de armas de Isambart y encontraremos arcos para todos.

Se abrazaron los hombres de Robin, porque muchos creían que aquélla iba a ser su última aventura. El hermano Tuck les bendijo, absolviendo a los que perdieran la vida en la empresa.

Robin y sus hombres, acompañados de Dickson, se pusieron en marcha. Iban a pie, y gracias a la espesa niebla lograron acercarse a los inmensos muros de la fortaleza sin que los vigías les divisaran.

Tenían que rodear el foso, ya que, al dar el castillo sobre una fuerte pendiente, hubiera sido más difícil el acceso por la parte posterior. Robin los detuvo al pie del parapeto del foso. Treparon hasta arriba y, sin atreverse a destacar aún sobre el parapeto, recorrieron con la mirada el oscuro muro gris, al otro lado del foso:

—¡Allá! —les dijo Robin—. ¡Aquél es el portón a donde nos dirigimos! Pero tenemos que lanzarnos al agua y nadar en silencio, porque en lo alto de esas dos torres veo dos vigías.

Se lanzaron al agua y cruzaron el foso a nado. Los vigías no miraban hacia el propio foso, sino que estudiaban la lejanía, en espera de divisar el avance de un grupo de hombres armados.

Sobre el saliente del muro, mojados hasta los huesos, se pegaron al castillo, formando una larga fila, y entonces Dickon introdujo la pesada llave en la cerradura, la hizo girar varias veces y esperó. Robin empujó un poco la puerta con el hombro y vio que ésta cedía. Sin embargo, chirriaban tanto los viejos goznes, que prefirió esperar. Mandó a Much que volviera a cruzar el foso y diera al caballero negro la señal de que iniciara el asalto. Luego los proscritos esperaron. La oscuridad era cada vez más espesa.

Al cabo de unos larguísimos minutos oyeron el griterío de los hombres que se dirigían a la puerta del puente levadizo y, casi al unísono, el prolongado toque de clarín llamando a toda la guarnición del castillo. Empujó entonces Robin un poco más la puerta, escuchó; como no procedía ningún ruido del pasadizo, ayudó uno a uno a sus hombres para entrar en él y fueron entrando en aquel túnel.

La oscuridad era total y tenían que avanzar tanteando las paredes, que rezumaban humedad, cuidando de no tropezar con ninguna de las piedras salientes. El túnel parecía descender hacia las profundidades de la tierra, e incluso costaba respirar conforme se avanzaba. Pero los hombres no retrocedieron. El joven Much les contó más tarde que, al regresar de la parte delantera del castillo, donde había comunicado al caballero negro que la retaguardia estaba dentro del baluarte, cruzó el foso a nado, vio el portón abierto, supuso que habían entrado y tuvo que avanzar a ciegas sin saber dónde estaban sus compañeros.

El pasillo había desembocado en una especie de plaza subterránea, donde un hachón encendido permitía distinguir las cosas. Hacia la izquierda subía una escalera a una puerta de madera, cerrada con grueso candado, y hacia la derecha el pasillo continuaba, formando una gran curva. Robin dudó ante el curso a seguir, pero Dickon le dijo:

—Aquella puerta de hierro servía para guardar escalas y hachones, pero hace mucho tiempo que no se ha utilizado. Debemos continuar por ese pasillo.

Fue más fácil el avance, a la luz del hachón, que Pequeño Juan tomó de su soporte y llevó, como guía del grupo. El pasillo parecía ascender ahora de forma tortuosa, y la respiración era más fácil. Pero se iba estrechando, y al final quedaba totalmente cortado por una enorme puerta de hierro, cerrada por un candado que sujetaba una gruesa barra.

—Juan, ésta es una hazaña que te corresponde —le dijo Robin—. ¿Podrás abrir esta puerta?

Juan tanteó la puerta, estudió los goznes y el candado y se rascó la cabeza:

—¡Si se me hubiera ocurrido traer una barra, un pico, alguna herramienta! Porque con mis manos dudo que pueda hacer saltar este candado.

—¡Maldición! —dijo Robin Hood—. Si no logramos pasar este recodo, los hombres del caballero negro no podrán entrar en el castillo. ¡Hay que actuar!

Los escudos que llevaban sus hombres tampoco resultaron útiles adecuados para abrirse paso. Robin estaba desesperado y pensó que tal vez hubiera sido mejor no haber entrado por aquel laberinto. Lleno de ira, agarró a Dickon por el cuello y le dijo:

—¡Malvado! ¿No habías imaginado que nos quedaríamos atrapados aquí? ¿Qué hacemos ahora?

El siervo balbuceó algunas palabras ininteligibles, pero Much, que ahora alcanzaba al grupo, les dijo:

—Como no os encontraba, pensé que habríais subido por la escalera que sale de esa plaza por la que hemos pasado. Y como estaba a oscuras, subí por ella, tropecé con la puerta, ¡y la puerta se abrió! Como no parecía que estuvierais dentro, desandé el camino y he logrado encontraros. Pero tal vez allí...

—¡Rápido, Juan! Que Much lleve la antorcha, y procura traer cualquier cosa que encuentres y que nos sirva.

Se oyeron los pasos apresurados del gigantón y del muchacho, y luego se hizo la oscuridad. Robin Hood rogaba a Nuestra Señora que aquella pérdida de tiempo no tuviera ninguna consecuencia fatal y que su señora Mariana estuviera aún con vida, en algún lugar del castillo.

Much y Pequeño Juan regresaron; éste había encontrado dos barras de hierro y un enorme martillo. Haciendo servir las barras como palanca, comenzó a asestar unos golpes tremendos, sobrehumanos, a los goznes. Al tercer golpe el candado cedió y la tranca de la puerta salió de sus goznes. Empujó la puerta y vieron que daba acceso a otro largo pasillo, iluminado por hachones, pasillo al que daban las celdas de los prisioneros. De alguno de éstos escucharon quejidos y lamentos. Robin, bastante encolerizado con Dickon, le dijo:

—¿Sabes dónde podemos encontrar las llaves de las celdas?

—Eso sí, señor. Esta parte del castillo la conozco bien. Siempre estaban colgadas de una argolla en el otro extremo del pasadizo.

Much corrió hacia allá; le seguía Pequeño Juan. De pronto, Robin gritó:

—¡Cuidado, Much! ¡Agáchate!

Podemos decir que Much se salvó por los pelos, porque pasó rozándole la cabeza una flecha que le lanzaba un guerrero, agazapado detrás de un saledizo. Pequeño Juan se indignó tanto ante aquella muestra de cobardía que lanzó por el aire el pesado martillo con que antes había forzado la puerta. El martillo golpeó el saledizo de piedra, lo deshizo y rebotó sobre la cabeza del soldado, que cayó al suelo con su rostro convertido en una mueca de sangre.

Sin duda era el único soldado que habían dejado al cuidado de las celdas, y se había apostado al lado de la argolla con todas las llaves. Much no pudo disimular su asco ante el espectáculo de aquella cabeza sanguinolenta, pero hizo de tripas corazón, alcanzó las llaves y empezó a abrir las puertas para liberar a los cautivos.

Robin dijo al resto de los hombres:

—Que todos se vayan, pero que caminen hacia la puerta exterior. Dadles un hachón, y si alguno no puede caminar o está con cadenas y grilletes, juradle que cuando venzamos a los soldados de Isambart volveremos a liberarle. Pero ahora no podemos perder tiempo. ¡Adelante!

—Ya lo habéis comprobado, señor, ¿verdad?

—¿Qué decís, Juan?

—Que Mariana no está en ninguna de estas celdas. Habrá que buscarla en alguna de las habitaciones del castillo.

—¡Adelante, pues! ¡Sin perder un momento!

El pasillo de las celdas comunicaba con el patio de armas del castillo mediante una larga escalera. Pero al acercarse a ella vieron allá arriba a tres guerreros, bien armados, que les esperaban, con daga y bolas de hierro colgando de una cadena.

—¡Dejádmelos a mí solo! —gritó Juan.

Los hombres suponían que el gigantón entablaría pelea cuando ascendiera los peldaños y llegara a su altura, y en esa suposición estuvo la causa de su muerte. Porque Juan, que le había encontrado gusto al martillo de hierro, y que ya lo consideraba su mejor arma, lo lanzó hacia arriba e hizo que se estrellara contra las piernas del soldado del centro. Debió hacérselas trizas, pues cayó al suelo aullando como un perro. En su caída arrastró a otro, pero el tercero actuó con rapidez y, daga en mano, fue bajando los escalones, haciendo retroceder a los hombres de Robin, que sólo podían protegerse con el escudo, pero que no tenían arma ofensiva que arrojarle. Entonces, Robin, con un gesto de valentía, apartó la rodela de su pecho, como invitando al enemigo a que le clavara la espada. Este así lo hizo, pero el proscrito se agachó, esquivó el lance y doblando la muñeca al soldado hizo que soltara la espada. Con ésta en la mano, sin pensarlo dos veces, Robin la hundió en el corazón del enemigo, y gritó a sus hombres:

—¡Paso libre, compañeros! Allá está el patio de armas, y, sin duda, los soldados de la fortaleza estarán todos ante la puerta para resistir el ataque del caballero negro. Juan, Deckon, y vosotros tres, acercaos al cuarto de poleas del puente levadizo, intentad acabar con la resistencia y bajad el puente. Pero antes tenéis que indicar, Deckon, dónde está el depósito de armas de la guarnición, para que estos otros —y señaló a un grupo— saquen todos los arcos y flechas que puedan. Yo voy a liberar a mi señora Mariana, aunque tenga que recorrer el castillo de arriba abajo y no dejar piedra sobre piedra.

—¡Señor, permitidme que vaya con vos! —le dijo Much.

Robin, admirado por aquella prueba de valentía, le contestó:

—¡Muy bien, muchacho! Y si salimos vivos de esta empresa te propondré para que te armen caballero.

Mientras la partida de Robin, dividida en esos tres grupos, atravesaba el patio rumbo cada uno a su misión, ante el castillo se libraba una desigual batalla. Los que obedecían al caballero negro, con largas escaleras unos, los otros nadando, atravesaban el foso y desde la base del castillo acribillaban a flechas a los defensores de la fortaleza, que debido a la niebla espesa no podían distinguir bien a sus asaltantes. Para éstos, sin embargo, era fácil distinguir las siluetas, recortadas contra el cielo, o la negra mancha de la tronera, detrás de la cual sabían muy bien que encontraría la flecha el rostro de un enemigo. El griterío era intenso, y desde el patio se veían antorchas que iban de un lado a otro, maldiciones, órdenes, toques de clarín.

Robin tenía la sospecha de que Mariana debía encontrarse en una de las salas del palacio, porque, si el objetivo de Isambart era acabar con él, la habría usado de cebo y no querría hacerla languidecer en una celda. Además, tal vez estuviera en relaciones con el conde Guido y pensara forzar a la dama, si lograba que Robin Hood muriera, a firmar su declaración de matrimonio con el malvado que le arrebató su castillo.

Por la señorial escalera ascendió al piso principal, y al fondo de un amplio corredor vio una sala, adornada con tapices, y, ante un pequeño escritorio, a su señora Mariana, atada a una silla. Mariana suspiró al ver a Robin, éste le dio un beso, le acarició el cabello y luego, rompiendo las cuerdas con la espada que había arrebatado al enemigo, le dijo:

—Mi señora, no es tiempo para palabras. Por una vez obedecedme y salid del castillo. Much os acompañará por un pasadizo secreto. ¡No nos juguemos la vida los dos!

Mariana obedeció y se retiró con Much hacia los tortuosos túneles que conducían a la libertad.

Entonces Robin, dudando sobre a qué punto debería dirigirse, oyó un golpe seco, como de una explosión, un enorme griterío y el fragor de la lucha que se acercaba. Comprendió que Pequeño Juan debía haber logrado hacer caer el puente levadizo y que todos los hombres que acompañaban al caballero negro deberían estar luchando cuerpo a cuerpo con los defensores de la torre e intentando trepar hasta los centinelas de torres y baluartes para acabar con ellos.

El padre Tuck se encontraba entre el grupo de los que entraron por el puente levadizo. Había intentado cruzar el foso gateando por una escalera, rogando a Dios que no le cayera ninguna flecha, y por dos veces cayó al agua, que le supo tan mal que se dijo que hacía bien en beber vino a todas horas. ¡Menos mal que, por indicación del caballero, esas largas escaleras las habían lanzado lejos de la puerta del puente levadizo, porque éste cayó como un trueno, y, si hubiera estado debajo, del frailecito Tuck ya no quedaría nada! Entonces oyó que Isambart de Belone, desde lo alto del castillo, gritaba a sus hombres:

—¡Lanzadles piedras! ¡No dejéis que entren!

Sólo cayó una piedra, porque Will, que había quedado al otro lado del foso para proteger la entrada de los hombres, con dos certeras flechas acabó con los soldados que habían recibido las órdenes de Isambart. Aún se entretuvo Will, con ese dominio que siempre mostraba en las circunstancias difíciles, en ir derribando, uno a uno, a todos los soldados que aparecían sobre la torre. Cuando comprobó que las troneras habían quedado silenciosas, y que todos los hombres habían entrado en el castillo, emprendió veloz carrera para unirse al grupo.

Ahora la pelea se había concentrado en una de las escaleras que llevaban a la torre. Isambart, rodeado de doce soldados, los únicos que quedaban con vida, intentaba retroceder, buscando, sin duda, el camino de algún pasaje secreto.

En el bando de Robin habíanse registrado también bastantes pérdidas, pero eran unos veinte los que, con flechas, espadas y palos, embestían contra el grupo de los defensores, convertidos ahora en perseguidos. Los hombres de Isambart eran hábiles guerreros y retrocedían esquivando por igual los embistes de sus enemigos con las flechas furiosas. Pequeño Juan estaba en primera fila, blandiendo su martillo con la mano diestra y limpiando con la otra la sangre que le caía de una herida en la frente y que, en ocasiones, le nublaba la vista. Robin y el caballero negro luchaban codo a codo, intentando ambos apartar a los soldados que protegían a Isambart para entablar duelo personal con él. Uno de los guerreros de Isambart aprovecho él momento en que Pequeño Juan se limpiaba la cara para clavarle la espada en el hombro. Lanzó entonces el gigantón un grito de rabia, y sin reparar en que el contrario intentaba rematarlo, con un golpe en el pecho, con su fuerza sobrehumana alzó el pesado martillo y lo dejó caer sobre el guerrero. Este cayó al suelo. Robin aprovechó la confusión para eliminar a otro de los contendientes, y esta victoria enardeció al grupo. Isambart no se dejaba batir, pero sus diez valientes intentaron abrirse paso entre la multitud y emprender la huida en dirección contraria, hacia la puerta abierta del puente levadizo. ¡No había nadie que protegiera aquella puerta! Y, sin embargo, Will, que pensaba que en una buena estrategia alguien debe proteger la retirada, oculto tras unos sacos de harina logró alcanzar con sus flechas a tres o cuatro. Los demás, atravesando el puente, se perdieron en la oscuridad.

Robin Hood inició un duelo a espada con el conde Isambart, pero el caballero negro, que con una mano portaba la espada y con la otra la pesada hacha de hierro, apartó al proscrito, diciéndole:

—Retroceded, caballero. Este hombre es mío.

Robin Hood intentó apartar a un lado al caballero, pero éste no se lo consintió y volvió a gritarle:

—Os lo ordeno. Este caballero es mío.

Robin, ante aquel tono de voz, sintió que debía obedecer y dejó que el extraño caballero —que ni por un momento había descubierto su rostro— lidiara la última pelea con Isambart. Aunque el conde luchaba por su vida y parecía un perro rabioso, el caballero negro actuaba con mucha parsimonia, seguro de su habilidad con las armas. Por tres veces tuvo que esquivar las fintas de Isambart, pero, como enojado, desvió luego la atención del conde con la espada y, manejando con habilidad la izquierda, clavó su hacha en el cuello del conde, que cayó al suelo, sin sentido, exhalando su último lamento.

"En lo alto de la empalizada apareció, saltando de la copa de un roble, el mismísimo Robin Hood. El conde dio orden inmediata a sus hombres de que lanzaran todas sus flechas contra él, pero su misma voz quedó oscurecida por los silbidos de los dardos arrojados por los hombres vestidos de verde. ¡Otra vez había caído el conde Guido en la trampa!". (pág. 150)

Los hombres de Robin se iban reuniendo en torno al pozo que ocupaba el centro del patio, y su jefe se enteró de que habían recorrido el castillo y habían comprobado que no quedaba ningún defensor. Atendió a los heridos y ordenó que todos, absolutamente todos, salieran de aquel lugar fatídico. Tenía la intención de prender fuego a la fortaleza. Los criados y las mujeres que servían en el castillo, que se habían refugiado en una cuadra para esperar el giro de los acontecimientos, salieron de ella y puestos de rodillas dieron las gracias a Robin por haberles librado de un amo cruel. Entonces llegó Mariana, acompañada por Much, y la dama y su marido se fundieron en un abrazo prolongado que hizo a más de uno de aquellos valientes prorrumpir en lágrimas. Much se unió a ellos y los tres se abrazaron, con la emoción de haber recobrado la vida.

—Mariana —le dijo Robin—, tenéis que agradecer esta victoria al caballero negro. Si no fuera por él...

—¿Y quién es ese caballero negro?

—¿El caballero negro? Ahora os lo presento.

Pero el caballero ya no estaba. Nadie supo encontrarlo. Will fue el único que se había dado cuenta de que, tras derribar a Isambart, había entrado sigilosamente en la cuadra. Los criados confirmaron su versión: un caballero con armadura negra y rostro cubierto por la celada había entrado en la cuadra, les había preguntado con voz de trueno cuál era el caballo del conde y luego había montado en él y se había alejado por la puerta del puente levadizo, raudo como el viento.

—Pues la próxima vez que volváis a ver a ese caballero —dijo Robin, emocionado— postraos de rodillas ante él y pedir clemencia. Porque se trata de nuestro querido rey Ricardo.

Todos se quedaron helados por la emoción. ¡El rey Ricardo, que de verdad había regresado a su reino y luchaba al lado de sus defensores!

Los criados y doncellas del castillo prestaron su ayuda para prender fuego a la fortalcza. Apilaron maderos y leños, transportaron grandes cargas de paja y de heno seco, y luego bailaron alegremente ante las llamas que comenzaban a roer el engreído testigo de la opresión. Durante toda la noche duraron las fiestas. El fuego parecía purificar todos los desmanes. Parecía iluminar una nueva época.

XIV

EL ULTIMO INTENTO DEL CONDE GUIDO

El hermano Jorge estaba en la cueva que le servía de *scriptorium* redactando sus crónicas, con todo el cuidado y la paciencia que empleara en otro tiempo en su monasterio. Después de la aventura de la prisión de Mariana, Robin había decidido que ésta acudiera al castillo de su padre. En el campamento la vida parecía la misma que en los viejos tiempos, pero muchos de los proscritos habían entrado en la guerrilla de Robin Hood en los últimos meses. Quedaban pocos que recordaran aquellos días en que el conde Roberto Fitzooth se acogiera al refugio del bosque de Sherwood, y las leyendas sobre las desgracias del rey Ricardo habían pasado a la historia; el rey Ricardo estaba en Inglaterra, pero, por alguna extraña razón, aún no se daba a conocer públicamente. Aparecía en las batallas que mantenían los fieles a su causa contra los señores seguidores de su hermano Juan; era el misterioso caballero negro que actuó en el asalto del castillo de Isambart.

El hermano Jorge meditaba, precisamente, en que parecía que las cosas estuvieran tocando a su fin. Era como una tragedia que tarda en concluir, en la que todos los personajes van envejeciendo y ansían que el autor acabe la última línea: ¿«Cuánto tiempo había pasado desde el regreso de Robin con Mariana del castillo de Isambart? Tal vez un año, sí, un largo año de inquietudes. Antes todo era más fácil —pensó—. Todos nos conocíamos: el molinero al que han cegado los ojos por cazar ciervos en el bosque real, el soldado que huyó de su señor, el comerciante repleto de oro que atravesaba los caminos... Ahora todo era distinto. Las guerras entre los nobles asolaban cosechas, acababan con los ciervos y venados del parque real, traían como fúnebre cortejo pestes y epidemias, y lanzaban por los caminos a cientos de personas desplazadas: desertores, cautivos, mujeres abandonadas, niños huérfanos...» Todo eso lo pensaba mientras su pluma se afanaba en redactar una crónica. «Recuerdo —pensó— aquel día en que decidí olvidar estos relatos y copiar las baladas, los romances que se cantaban sobre Robin Hood y sobre Jorge de Wakefield. Pero, ¡ay!, Jorge murió víctima de la peste, y su esposa le fue arrebatada por un conde enemigo. Y ahora se han acabado las baladas; las canciones son tristes; los cantos más frecuentes son los oficios de difuntos. ¡Triste Inglaterra, triste!»

A su cueva entró Much, que ya se había convertido en un hombre, y a quien, prácticamente, Robin y Mariana habían adoptado como a un hijo:

—¿Seguís con vuestras crónicas, hermano Jorge?

—Sí, hijo mío, sí. Y a propósito, aún no me he enterado de los detalles, de la forma como Robin acabó con el *sheriff* de Notitingham.

—Claro que os lo ha contado. Lo contó a todos los hombres en una de las cenas al aire libre. Pero como vos queréis tanta precisión, padre...

—Ocurrió hace ya varios meses, ¿verdad? Cuando Robin fue hecho prisionero en la ciudad de Nottingham...

—Sí, así fue. Yo había ido al pueblo de mis tíos, vecino a la ciudad, cuando me enteré que nuestro señor, vestido de buhonero, había entrado en la villa solo, sin armas ni escolta, y había tenido la ocurrencia de entrar en la iglesia. Alguien le reconoció, corrió al *sheriff* a contarle la noticia, y, aunque luchó como un jabato a puño limpio contra los que fueron a prenderle, acabó encerrado en una celda de la prisión de Nottingham.

—Ya, ya recuerdo. Entonces fue cuando tú viniste del pueblo, resoplando como un condenado, y nos contaste la noticia. Will y Juan encabezaron un grupo que iba decidido a asaltar la prisión y a liberar a nuestro jefe, pero cuando se acercaban a la ciudad apenas si distinguieron a un buhonero que venía cantando alegremente por el camino, ¡y que resultó ser el mismísimo Robin Hood! Pero decidme, ¿cómo se escapó?

—Resulta, y me extraña que no tengáis buena memoria...

—Tal vez me quedara adormilado aquella noche. Todo es posible.

—Bueno, os lo repito. Resulta que Robin pidió al carcelero que llamara al *sheriff;* que consideraba que ya eran muchos años de vivir en el bosque como un proscrito y que quería proponerle un pacto a cambio de sus derechos al castillo de Locksley.

—¡Ah, muy buena idea! El *sheriff* picaría en el anzuelo, sin duda.

—¡Pues fijaos de qué le sirvió! Llegó el *sheriff* a la prisión, abrieron la puerta de la celda del proscrito, pero el carcelero, que iba a sacarlo de allí bien aherrojado, no lo encontró. ¿Se habría fugado? No. Se había colgado de una viga, por encima de la puerta, y al lanzarse desde allí cayó sobre su carcelero, al que, ahogándolo con la propia cadena que sujetaba sus grilletes, dejó fuera de combate. Entonces obligó al *sheriff* a que le abriera los grilletes, y como éste opusiera resistencia, le amenazó con la daga que había quitado al guardián. El *sheriff* le liberó, y la intención de Robin era dejarlo preso en su lugar, pero como aquél gritara pidiendo ayuda, lleno de indignación le atravesó con la daga.

—¡Muchas muertes en muy poco tiempo! —comentó el fraile, apesadumbrado.

El muchacho se encogió de hombros:

—Hermano, ahora se trata de morir o de matar. No hay otra alternativa.

—Y hablando de otra cosa, parece ser que ya hay nuevo *sheriff* en Nottingham, ¿verdad?

—Sí. El príncipe Juan ha nombrado a un nuevo representante, pero dudo de que nadie le haga caso. Los que mandan ahora son los ejércitos que atraviesan el país.

—¡Dios nos libre de todas las desgracias!

—¡Venga, hermano! ¡No os pongáis tan pesimista! Ahora nos vendría bien un trago de esa bota número uno y de la bota número dos de vuestro compañero Tuck. A propósito, ¿sabéis dónde está?

—Se ha ido «de campaña», como dice él. Parece que nos han llegado rumores de que el obispo Olegario de Petersborough y el abad de Montcaduceus habían decidido enviar un obsequio al nuevo *sheriff* de Nottingham.

—¡Vaya, vaya! ¡Un regalo!

—Sí. Algo así como un buen tributo, una buena ofrenda para ganarse su confianza. Como nadie acaba de saber quién está con Ricardo y quién está contra él...

—¿Y la Iglesia? ¿No tiene las cosas claras? ¿No debe obedecer al rey legítimo, que ha regresado de su cautiverio?

—El problema, hijo mío, es que nadie acaba de saber si el caballero negro es el rey o no. Y a río revuelto...

—Ganancia de pescadores, que diría el hermano Tuck.

—Pues ésa es la cuestión. Tuck ha ido con cinco hombres a

interceptar la caravana y a recoger los presentes como tributo del bosque de Sherwood.

Mientras estaban en esta conversación oyeron cierto bullicio en el campamento, y al cabo de un rato sonó el conocido cuerno de caza de Robin convocando a sus hombres bajo el roble. El hermano dejó caer la pluma sobre el pergamino y echó a correr hacia allá, seguido de Much. Robin dijo a todos que acudieran prestos al sendero que, desde el camino real, se adentraba en el bosque, y que allí les daría más instrucciones.

El grupo del hermano Tuck se había apostado a un lado del Camino Real, y habían rodeado a la caravana que portaba los obsequios para el *sheriff* de Nottingham. Eran cuatro mulas cargadas de arquetas y de sacos, y las custodiaban tan sólo cuatro clérigos.

—¡Mis queridos hermanos! —les había dicho Tuck—. Este humilde fraile os pide un pequeño donativo para mantener en pie a los servidores del rey Ricardo.

Los clérigos dijeron que no transportaban oro ni tesoro alguno, sino tan sólo unas reliquias de santos y unos sacos de trigo para auxiliar a unos ermitaños que padecían el azote del hambre.

—Si decís la verdad os dejaremos continuar vuestro camino y bendeciremos a los santos cuyas reliquias transportáis. Pero si nos estáis mintiendo... —y señaló a los hombres que le acompañaban, que les apuntaban con sus arcos.

Abrieron las arcas y desataron los sacos. Las únicas reliquias que aparecieron fueron unos buenos puñados de monedas de oro, tejidos finos y, eso sí, sacos de finísima harina y ánforas con vinos añejos.

—¡Con que reliquias para los ermitaños! ¡Compañeros, atad a estos falsos clérigos a los árboles! ¿No sabéis, hermanitos, que es un pecado decir mentiras? Y buscad bien entre los hábitos. Igual nos ocultan algún regalito más.

Buscaron y nada encontraron, salvo un hermoso pergamino con sello del obispo Olegario y del abad de Montcaduceus. Tuck lo desenrolló y, después de echar una ojeada al texto, dijo a sus hombres:

—¡Fijaos lo que hemos descubierto! ¡Todo un programa evangelizador! Voy a leerlo.

«A nuestro grande y buen amigo Simón Ganmere, *sheriff* de Nottingham, saludos y bendiciones. Os enviamos estos presentes del obispado de Pettersborough y de la abadía de Santa María de Montcaduceus. Si nuestros planes se cumplen, en el mismo día de hoy tendremos la satisfacción de conseguir que el malvado Robin Hood sea capturado o alcance la muerte por obra del buen conde Guido de Gisborne. Si lograra capturarlo con vida, el citado conde, el abad y el obispo hemos decidido que lo mejor será conducirlo a la ciudad de Nottingham, para que vos lo colguéis a las puertas de la ciudad, y así sirva de escarmiento a todos los bandidos y rufianes. Confiamos también que el conde Guido consiga eliminar a todos los villanos que siguen al tal Robin Hood en el bosque de Sherwood. Reiteramos nuestra buena voluntad y nuestros sinceros deseos de paz y de amistad.»

—¡Una epístola digna de un obispo! —comentó el hermano Tuck al acabar de leerla—. ¡Y estoy seguro de que Robin se divertirá mucho cuando la lea! Dejad a esos estúpidos ahí, atados a los árboles, volved a cargar en las mulas todos estos obsequios y llevémoslos al campamento. Y, por si acaso pensábais que la estratagema de Guido iba a tener resultado, estad seguro de que a estas horas el que habrá caído en la trampa habrá sido el conde. ¡Pobrecillo! ¡Si hasta me da pena! ¿Cómo se atreve, una vez tras otra, a medirse con nuestro Robin Hood?

Porque el jefe de los proscritos estaba esperando a la partida del conde Guido, quien, presionado por el abad y por el obispo, creía que ahora acabaría con su enemigo. Iba a avanzar por el sendero que salía del Camino Real, y su expedición la formaban veinte soldados a caballo y treinta infantes. Pero los guerreros iban tan bien pertrechados que resultaba difícil avanzar por aquel estrecho sendero.

Los caballos tropezaban en las gruesas piedras del camino. Pronto el camino apareció cerrado por un grueso tronco atravesado, que los caballos no podían saltar. Mandó a los infantes que lo apartaran, pero de improviso fueron cayendo junto a aquél más y más troncos, como si llovieran de los árboles. De forma que quedó erigida una empalizada, que costaría trabajo desmontar. En lo alto de la empalizada apareció, saltando de la copa de un roble, el mismísimo Robin Hood. El conde dio orden inmediata a sus hombres de que lanzaran todas sus flechas contra él, pero su misma voz quedó oscurecida por los silbidos de los dardos arrojados por los hombres vestidos de verde. ¡Otra vez había caído el conde Guido en la trampa!

Los caballos sólo podían dar media vuelta y huir, pero, mirando hacia atrás, vio que otros proscritos habían erigido una nueva empalizada, y, de hecho, los caballos poco podían hacer.

—Esta vez no va a ser todo tan sencillo, conde Guido —le dijo Robin Hood, desde lo alto de los troncos.

—¿Qué queréis decir?

—Varias veces os he dejado huir, pensando que tal vez reflexionaríais sobre vuestros actos y repararíais vuestras ofensas. Pero esta vez es distinto. Vos habéis estado detrás del rapto de mi esposa; vos habéis tenido el atrevimiento de pensar que ella pudiera ser vuestra, si a mí me dabais muerte, vos e Isambart de Belone. Habéis llegado demasiado lejos, conde.

El conde intentaba buscar alguna escapatoria porque, en realidad, tenía todos los caminos cortados. Intentar un ataque a la desesperada con sus hombres sería vano intento, porque los caballos tenían escaso margen de maniobra y los infantes eran muy pocos, comparados con todos los hombres vestidos de verde que le rodeaban.

—Y a pesar de todo —siguió diciendo Robin— voy a proponeros un duelo entre los dos.

Apareció entonces el grupo de hombres que había dirigido el hermano Tuck. Este quería que Robin se enterara de la carta. Robin la leyó, desde aquella tribuna desde la cual había estado hablando, para que tanto sus hombres como los del conde se enteraran de los planes de aquellos conjurados. Guido no hizo ningún comentario y, como dice el refrán, «el que calla, otorga».

—Ahora queda patente vuestra villanía, señor conde. Demostrar, por lo menos, que os queda una chispa de vuestro honor de caballero, y subid aquí arriba a batiros conmigo en duelo a espada.

El conde bajó del caballo, se despojó de su pesada armadura, sacó la espada de la vaina y escaló los troncos para emprender combate contra Robin. Lo hizo con plena conciencia de que su final se encontraba muy cerca. Los meses dedicados a la ciencia de la alquimia le habían alejado del manejo de las armas, y cuando salió de su letargo gracias a aquella visita del príncipe Juan se dio cuenta de que había perdido agilidad. Era además rumor a voces que no había mejor espadachín ni mejor arquero que Robin. Así que aquel duelo era bastante desigual.

Cuando Robin tuvo frente a sí al conde Guido, sintió el terrible deseo de la venganza. Todos los hombres que desde abajo les contemplaban, los de Guido y los suyos propios, esperaban en silencio el comienzo de la pelea, como si se tratase de un drama, de una página legendaria que fuera a desarrollarse ante ellos. Cada uno de los dos contrincantes encarnaba una actitud distinta, una forma de entender la vida. Y ahora —todos lo sabían— llegaba su último encuentro.

—Y si os venciera —dijo Guido, temblándole la voz—, ¿qué ocurriría? ¿Me dejarían marchar vuestros hombres?

—Si vencierais, regresaríais a contar al obispo Olegario y al abad que habéis terminado conmigo. Todos mis hombres os dejarían pasar sin molestaros ni perseguiros.

Guido observaba la serenidad con que Robin mantenía su espada, dispuesto a iniciar la pelea. Pero, aunque era cierto que un caballero debía comportarse siempre como un caballero, Guido se jugaba la vida, o mejor dicho, la daba ya por perdida. En estos tiempos difíciles la vida valía muy poco, la de un caballero o la de un siervo. El había intentado muchas cosas, y todas le habían salido mal. Ni pudo dominar a los rebeldes del bosque de Sherwood, ni pudo hacerse con Mariana. En la larga historia de sus relaciones con Robin sólo tuvo un momento feliz: aquel en que irrumpió en la abadía, en el momento en que iba a celebrarse el matrimonio de Robert Fitzooth y Mariana, e impidió la boda en nombre del rey. Un momento del que luego se benefició, al incautarse de las tierras y del castillo del proscrito en Locksley. Pero, desde entonces, siempre había sido burlado por Robin, y las baladas y canciones populares siempre se habían cebado en él. Tal vez morir luchando, morir como un caballero, borraría todos sus errores anteriores. Podría decirse que había muerto luchando. Aunque la vida, esa cosita frágil y misteriosa, tiene su encanto, y perderla por tozudez es un poco tonto. ¿No habría forma de escapar de aquella trampa, como había escapado en otras ocasiones?

—Robin —dijo el conde—, es cierto que os he perseguido y me he portado cruelmente con vos. También es cierto que os di mi palabra de caballero de no atacaros ni perseguiros, y he faltado a la palabra cumplida. Pero os digo, de amigo a amigo, de caballero a caballero, que me he cansado ya de estas luchas y de estas persecuciones, y si me dejáis libre os prometo que partiré del reino para siempre.

—¿Creéis que vuestra palabra tiene algún valor para mí?

—Sé que no la tiene, pero por última vez os lo digo: podéis enviarme a vuestro castillo de Locksley, escoltado por vuestros hombres, y os prometo hacer mi equipaje y partir, con sólo algunos criados, rumbo al sur, rumbo a Francia. Estoy cansado de estas guerras y estas peleas.

Robin lo miró con cierta conmiseración. A pesar de todos los males que le había causado, le daba pena el pobre Guido, empeñado en torcer el rumbo de las cosas. Y de buen grado le hubiera dejado partir. Pero estaba escrito que aquel día, en aquel escenario del bosque, se batieran a muerte.

—¡Demasiado tarde, señor conde! ¡Demasiado tarde! —y sin hacer caso de las súplicas de Guido gritó, con voz potente—: ¡En guardia!

Así se inició la pelea. Pero aún hizo Guido un último intento, bajando la espada, desconcertando a Robin y diciéndole:

—¿Y si me niego a combatir?

—Si os negáis os proclamaré, delante de todos vuestros hombres, cobarde, felón, indigno de que ningún siervo vuestro os obedezca.

—¡Entonces, lucharemos a muerte!

—¡A muerte, Guido!

Al comienzo luchaban con lentitud, estudiando cada uno los movimientos y los reflejos del otro; los filos de las espadas silbaban con un ruido siniestro al esquivar los golpes del contrario. Luego comenzó a animarse la lucha. Robin, al retroceder para esquivar un acoso de Guido, tropezó en un saliente del tronco en que luchaban y cayó sobre él. Guido aprovechó ese momento y la punta de su espada rozó el cuello de Robin, marcándolo y haciéndolo sangrar.

Guido, contento y casi confiado en su posibilidad de triunfo, gritó:

—¡Casi lo he conseguido! ¡Casi!

—¡No seáis tonto, conde! ¡En guardia!

Y apenas si tuvo tiempo Guido de retroceder unos pasos para aguantar el empuje de Robin, que de un salto se había puesto en pie y atacaba.

Llevaban ya diez minutos luchando; los dos sudaban y jadeaban, porque el miedo a morir daba energías al brazo de Guido. Este intentó un viejo truco normando de bajar la espada y dirigirla, en un lance, a las rodillas del adversario, pero con tan mala fortuna que Robin se hizo a un lado, y en ese momento Guido no pudo reaccionar. Como había agachado la cabeza, Robin de un solo golpe le clavó la espada en el cuello. Guido cayó al suelo exhalando un suspiro.

Robin sacó la espada de su víctima, que yacía sobre el tronco, muerto. Por un momento quedó silencioso, jadeando y contemplando a su eterno enemigo:

—¡Dios le perdone! —y se santiguó.

Todos los hombres imitaron su gesto, y el padre Tuck subió a la plataforma, cerró los ojos del conde y le bendijo. Luego preguntó a Robin:

—¿Qué hacemos con él?

—Que mis hombres quiten los troncos del otro lado del camino para que puedan avanzar los caballos. Que recojan el cuerpo del conde y lo lleven a la abadía.

—¿Y los soldados de Guido?

—Pondréis el cuerpo de Guido en un caballo, y los demás se quedarán aquí en el campamento. Los hombres del conde nos dejarán sus armaduras, sus armas, sus pertrechos. Y emprenderán ruta a pie hasta la abadía de Montcaduceus. Tuck, ¿tenéis la carta que enviaban el obispo y el abad al *sheriff?*

—Sí, mi señor.

—Extendedla sobre el cuerpo del conde y fijadla a su ropa con unos alfileres. Y dejadlos ir en paz.

Así emprendió viaje la fúnebre comitiva. Cuando llegaron a la abadía el abad se horrorizó, hizo que las campanas tocaran a duelo y que se celebrara un funeral magnífico, al que acudieron todos los nobles adictos a la causa del príncipe. También acudió el obispo, que, ante el cadáver, murmuró al oído del abad:

—De poco nos ha servido. Ya os lo decía yo.

—Habrá que acabar con Robin de otra manera. Porque algo me dice que después de Guido intentará acabar con nosotros.

—¡Dios nos asista! ¿Podemos contar con alguien para que nos defienda?

—Sólo tenemos al nuevo *sheriff.* Y no sé si estará dispuesto a jugarse el tipo.

Pero ya los monjes estaban entonando el oficio de difuntos, y el abad y el obispo tuvieron que dejar sus preocupaciones para iniciar la ceremonia religiosa. Mariana, al enterarse de la muerte del conde, a pesar de lo mucho que le odiaba, prorrumpió en lágrimas.

XV

LA ULTIMA FLECHA

Después de la tempestad viene la calma. La desaparición del conde Guido y, sobre todo, el miedo que la justicia de Robin había inspirado en nobles y abades de la comarca hizo que durante unos meses la rutina de la vida se impusiera a las demás preocupaciones. La guerra entre los nobles continuaba, pero por esta vez ese fantasma parecía haberse alejado hacia otras tierras. Robin esperaba que el rey Ricardo apareciera por el campamento y fuera proclamado rey. Ya imaginaba planes para su entronización solemne, y calculaba que los nobles rebeldes no podrían vencer.

El nuevo *sheriff* de Nottingham no tenía odios personales contra Robin, y aunque envió algunas expediciones contra el bosque de Sherwood, simplemente para congraciarse con el abad de Montcaduceus y con el obispo Olegario, no logró asustar a los proscritos. Simón de Ganmere, el *sheriff,* estaba convencido de que los burgueses debían estar al margen de las luchas entre los nobles, y estaba dispuesto a aceptar a Ricardo como rey, si es que éste vencía a sus enemigos. Y estaba dispuesto a aceptar a Robin Hood, o a Robert Fitzooth, y a saludarlo como nuevo señor del castillo de Locksley, si llegaba el caso.

Sin embargo, en la abadía de Santa María el abad había recibido la visita de un caballero, que apareció misteriosamente y que mantenía con el abad largas conversaciones. Era Juan de Balone, hermano de Isambart, uno de los hombres que defendía la fortaleza de su hermano cuando ésta fue atacada conjuntamente por Robin y por el caballero negro. Había huido cuando comprendió que la causa estaba perdida y que su hermano estaba sentenciado a muerte, y escapó a las flechas de Will Scarlett, que guardaba la salida por el puente levadizo. Estaba lleno de odio hacia Robin, pero no pudo convencer al príncipe Juan de que valía la pena lanzar una expedición contra el proscrito. El príncipe estaba demasiado ocupado luchando contra los nobles rebeldes. Por eso Juan pensó que la vengaza era asunto exclusivamente suyo. Y por eso buscó apoyo en el abad, burlado varias veces por los proscritos.

Abad y caballero no lograban planear una forma de acabar con su enemigo, porque todas las expediciones que se habían lanzado contra el campamento de los proscritos hasta entonces habían sido un fracaso. Ninguno de los que conocía el tortuoso camino de acceso lo revelaba ni traicionaba a sus amigos. Así que durante varios meses Juan residió en la abadía; paseaba por los campos del monasterio, charlaba con el abad y estudiaba la forma de actuar contra Robin.

En cierta ocasión, los monjes avisaron al abad que un buhonero ambulante se encontraba en el monasterio vendiendo toda clase de objetos raros y exóticos, y que les contó que habían estado en el campamento de Robin, donde le habían comprado muchos objetos, «y especialmente la señora Mariana, quien me ha pedido que volviera si encontraba otros tejidos tan hermosos». El abad dijo a los monjes que le llevaran a aquel buhonero.

Cuando estuvo en su presencia, asustado por miedo a haber violado alguna regla o no haber pagado tributos, se arrodilló ante el abad y le pidió su bendición. Este se la dio, y le dijo:

—Si os he mandado llamar es porque vive en este monasterio un caballero que tiene deseos de conocer a Robin. Es un viejo amigo de Robert, pero quiere darle una sorpresa.

Si el buhonero no procediera de otras tierras, se habría extrañado de la propuesta del abad, y habría reconocido en seguida el sabor negro de la traición. Pero poco le importaban las enemistades y las luchas continuas de Inglaterra.

El abad le pregunto:

—¿Era la primera vez que visitabais el campamento?

—Sí, mi señor. Y desde el camino real me vendaron los ojos para que no reconociera el camino.

El abad hizo un gesto de desencanto:

—¿Entonces no podréis volver solo al campamento?

El buhonero sonrió, malévolo:

—Puedo volver tan perfectamente como si se tratara de un plano abierto. Porque me vendaron con una de mis sedas que, aunque parece de color oscuro, tiene tal transparencia que no impide la vista. Y yo os digo, señor abad, que cuando recorro un camino se me queda grabado aquí —se señaló la cabeza— y nunca se me borra.

Hizo luego el abad que el buhonero conferenciara con Juan de Belame y le explicara su deseo. El buhonero parecía no sospechar nada; Juan le dijo que debería presentarse como ayudante suyo y que debía cargar un saco de los tejidos más finos.

A solas luego con el abad, Juan se mostró dispuesto a acudir al campamento y acabar con la vida de Robin.

—¿Cuánto me daréis, señor abad, si consigo mi empresa? Porque vos no arriesgáis nada.

—Si se confirma la noticia de que habéis acabado con la vida de Robin —contestó el abad lentamente— conseguiré un grupo armado que aniquile a todos sus seguidores, y a vos os daré la mitad de todo el botín que se recoja, y además quinientos doblones de oro, lo suficiente para convertiros en el hombre más rico entre estas tierras y Nottingham, querido Juan. Además, haré que se os confirme la propiedad del castillo de Locksley, ya que muerto Guido y muerto Robin no quedará ningún heredero con pretensiones al feudo.

Al día siguiente los proscritos comentaban los curiosos objetos que les había traído el buhonero, y Mariana —que ahora vivía en el campamento— admiraba aquellas sedas venidas del Oriente, aunque —comentó— «ojalá vuelva con nuevos tejidos, porque con esto apenas si tengo para un velo».

—Y además —comentó el cachazudo fraile Tuck—, con esa afición vuestra a las armas, necesitáis muchos repuestos.

Al atardecer volvió a aparecer el curioso buhonero con un saco al hombro, acompañado de otro hombre, que evidentemente trabajada en el mismo oficio y que transportaba un saco militar. Venían acompañados por Much. Al verlos llegar se les adelantó Pequeño Juan.

—¿Pero cómo, Much? ¿No sabes que no puede venir ningún extraño al campamento?

—Este es un compañero del buhonero, amigo, y a la entrada del bosque, cuando se encontraron con el primer centinela, nos enseñaron todo lo que llevan: sedas de todos los colores, cimitarras árabes, un cuchillo de caza que usó el sultán de Siria, y cosas extraordinarias. Pensé que a Robin y a Mariana le gustaría verlo todo y quedarse con algo.

—Está bien, está bien —contestó Pequeño Juan de mala gana—, pero vigiladlos continuamente.

Los dos buhoneros extendieron en el suelo sus mercancías, y

pronto todos los proscritos se acercaron como moscas. Miraban los objetos, los sopesaban, discutían el precio con los buhoneros. Juan había expuesto sus objetos a bastante distancia del otro buhonero y cerca de los árboles que cerraban el claro e iniciaban el bosque. Las sedas las llevaba Juan.

Cuando llegaron a Mariana las noticias de los vendedores ambulantes se dijo: «Creo que voy a ver esas telas, porque en este bosque tengo pocas ocasiones de conseguirlas».

Ya estaba atardeciendo. Mariana salió de la cueva donde vivía con Robin, y cuando llegó vio que el buhonero que llegara hacía cierto tiempo estaba aún discutiendo precio con alguno de los proscritos, pero que el otro comenzaba a enrollar las sedas, para guardarlas en el saco.

—Caballero —le dijo Mariana—, ¿podríais enseñarme esas telas?

Juan la miró, y en ese mismo instante Mariana reconoció su rostro. Cuando estuvo prisionera del conde Isambart había visto muchas veces a su hermano, y ella no olvidaba un rostro. Ninguno de los proscritos, sin embargo, lo había reconocido, porque en la pelea final iba cubierto por la armadura, con la visera caída, y ni siquiera cuando emprendió la fuga se había dado a conocer. Mariana, al mirarlo, lanzó un grito. Pero Juan se abalanzó sobre ella y, sacando una daga del cinto, se la clavo varias veces en el cuerpo. Mariana cayó al suelo, sangrando y muerta.

Al oír el grito de su señora los proscritos que aún compraban chucherías al otro buhonero se acercaron al lugar. Robin se enteró de la noticia cuando sus hombres ya habían sujetado al otro buhonero, quien les tuvo que contar toda la verdad. Pero el asesino de Mariana había echado a correr, internándose entre los árboles. Robin se acercó a Mariana, pero, viendo que ya había fallecido, emprendió loca carrera por el bosque. A lo lejos distinguió una figura borrosa que intentaba esconderse. Aunque la distancia era grande, y la luz muy escasa, lanzó un flecha que, como un perro de rastreo, buscó a su enemigo y se clavó en el hombro del falso buhonero, que se había acurrucado bajo un árbol. La flecha, atravesándole el hombro, lo dejó clavado al tronco, de tal modo que Juan no podía moverse, porque si lo hacía sentía un dolor mortal. Cuando Robin —al que ya habían seguido muchos proscritos— llegó ante su enemigo dijo:

—Sacadle de ahí y llevadlo al campamento.

Corrió de nuevo hacia Mariana. Las heridas que el asesino le había infligido eran tantas que debió fallecer al instante. Sin embargo, le dijo al oído el hermano Tuck, aún no había muerto. Era como si el deseo de despedirse de Robin la hubiera mantenido en suspenso la vida. Robin se arrodilló ante ella, unió su rostro al de Mariana y escuchó sus últimas palabras:

—Me voy, Robin, me voy. Pero antes quiero agradecerte todo lo que has hecho por mí.

Robin le dio un beso y le acarició los cabellos:

—Yo soy quien debo agradeceros vuestro amor. Y yo soy el culpable de vuestra muerte por haberos traído a este bosque...

Pero Mariana ya no podía escucharle. Robin apretó su mano y cayó sobre ella, llorando como un niño.

El hermano Tuck bendijo a la señora del bosque de Sherwood. Todos los proscritos se encontraban en torno a ella, arrodillados. Robin, desesperado, se había adentrado en el bosque.

En plena noche, mientras los hombres se turnaban ante el cuerpo sin vida de su señora, que habían colocado bajo el inmenso roble, al pie de peñasco sobre el que Robin les dirigía la palabra, éste regresó de su paseo. Mucho había llorado, pero ya las lágrimas estaban secas, y el rostro estaba lleno de determinación. Estuvo largo rato arrodillado ante Mariana, rezando, ante el silencio repetuoso de todos, y luego pidió que lo llevaran ante los prisioneros.

A la luz de los hachones encendidos primero le trajeron al buhonero que indicó el camino a Juan. El pobre hombre se arrojó a los pies de Robin.

—¡Piedad, señor! —decía—. ¡Yo me creí que era cierto que quería veros, que era antiguo amigo vuestro! ¿Cómo le hubiera traído hasta aquí si hubiera sabido la verdad?

—Quedas perdonado —contestó Robin con mucha calma—, pero márchate de aquí y ojalá nunca vuelva a verte, porque si te veo tal vez recuerde quién fue el culpable de que ese asesino llegara al campamento y acabara con la vida de mi esposa.

El buhonero se escapó como alma que lleva el diablo y nunca volvió a aparecer en cincuenta millas a la redonda, porque pronto conocerían todos los campesinos y todos los siervos de los alrededores la historia del asesinato de la reina del bosque de Sherwood.

Robin y sus hombres, llevando bien atados a Juan de Belame, emprendieron el camino hacia la abadía de Nuestra Señora de

Montcaduceus. Habían encontrado en un bolsillo del malvado una carta en la que el abad ponía por escrito su promesa de entregarle la mitad del botín del campamento secreto y quinientos doblones de oro. Como Juan no se había fiado de la palabra del abad, le había exigido una confirmación por escrito, y se la había llevado.

Antes de acercarse al monasterio, los hombres de Robin talaron dos inmensos fresnos, y con ellos a cuestas se acercaron al conjunto de edificios religiosos. A la entrada colgaron de los dos troncos al traidor Juan de Belame, enganchándole al pecho el pergamino que le entregara el abad, prometiéndole el pago por la destrucción de la partida de Robin Hood.

—¡Que sirva de escarmiento! —gritó Robin ante sus hombres y algunos campesinos de la comarca que se habían enterado de las noticias y seguían, curiosos, el paso de la comitiva.

No actuó Robin contra el abad, porque suponía que la ejecución del hermano de Isambart ante sus propias marices era una buena prueba de la determinación de Robin, una señal de que se había terminado la época de la broma y de la tolerancia.

La tropilla regresó al campamento, y la vida continuó como siempre. ¿Cómo siempre? La verdad es que, después de la muerte de Mariana, todo era distinto. Todos la habían tenido como señora, como dama de los proscritos, y la pérdida de Mariana supuso una dura prueba.

El mismo Robin, aunque aparentara serenidad, no se repuso nunca del golpe. Sin consultar a nadie, ni siquiera a sus ayudantes más directos, reunió un día a todos los hombres bajo el viejo roble y les comunicó su deseo de dividir todos los bienes que quedaban y de liberarles de su juramento de fidelidad. Cada uno era libre de dirigirse a donde quisiera.

Algunos acudieron al poblado vecino; otros se unieron a Alan —que ya tenía heredero— y los demás recurrieron a parientes y conocidos. Los más valientes, los que no conocían otro oficio sino la guerra y la lucha, encontraron su puesto en los ejércitos del conde de Chester y de otros nobles que luchaban por la causa del rey Ricardo. Los que no tenían amigos, familia ni conocidos compraron unas tierras con el dinero que les había tocado en el reparto y allí se instalaron.

Cuando se iba uno de los hombres, se reproducía la misma escena de afecto y simpatía por parte de quienes aún no habían decidido su futuro. Robin Hood les abrazaba, les agradecía toda la ayuda prestada y les pedía que fueran a verle cuando el rey le repusiera en su señorío de Locksley.

El hermano Jorge también se fue. Insistió en que Robin se quedara con los ya voluminosos tomos en pergamino de sus crónicas y sus baladas, pero el jefe le pidió que los escondiera en algún lugar secreto y que sólo cuando el rey Ricardo hubiera vencido en la guerra civil deberían salir a la luz pública. El hermano Tuck quería acompañar a Robin hasta el final, pero Robin le indicó que sería muy útil a todos si se trasladaba a Wakefield, donde era bien conocido y donde se prestaba acogida generosa a los proscritos. Allí se dirigió, con lágrimas en los ojos, y a la mitad del camino se encontró con el hermano Jorge, que no se había atrevido a pedirle que le acompañara.

Quedaban ya pocos hombres. Robin quería quedarse solo, y casi tuvo que pelear con Much, con Will Scarlett y con Pequeño Juan para que le dejaran sin compañía. Finalmente, Will aceptó el ofrecimiento de Robin:

—Querido Will, somos más que hermanos, y creo que puedo confiaros un deseo. Mi señora Mariana quería a Much como si fuera ese hijo que el destino no nos concedió, y desde el cielo estará velando por él. Pero yo no puedo ocuparme del muchacho. Llévatelo al castillo del padre de Mariana y procura hacer de él todo un caballero.

Pequeño Juan aceptó, aunque con cierto disgusto, la orden de separarse de Robin. Pero en realidad se escondió en el bosque y volvió a aparecer cuando Much y Will habían desaparecido.

—¿Qué pretendes hacer, Robin? ¿Convertirte en un vagabundo?

—Pienso ir a donde me lleve el destino o a donde me guíe el viento. Y mejor será que tú también te vayas, porque los días felices que pasamos en el bosque de Sherwood tocan a su fin.

—Ya lo tengo decidido, Robin. Iré contigo, vayas a donde vayas. Estás muy triste y muy preocupado, y yo puedo servirte de diversión... y de escolta. Y no me digas que no, porque voy a pegarme a tu lado como un perrito faldero.

—Bueno, iremos hacia el Norte —le contestó Robin— y aceptaré tu compañía como la primera condición que me pone el destino.

—¡Y pensar en todas las aventuras que hemos vivido juntos! Aquellos días en que te conocí, ¿los recuerdas? Y luego tantos y tantos compañeros que han ido uniéndose al grupo, hasta formar un solo hombre y un solo corazón... Y Mariana....

Robin se ponía triste y melancólico, y Pequeño Juan decidió cambiar de tema:

—Y nuestro encuentro con el caballero negro, que tú enseguida reconociste como el buen rey Ricardo...

Para Robin eran demasiados recuerdos, demasiados. Y en todos ellos estaba presente la imagen de Mariana. Por eso decidió alejarse de aquel lugar.

Fueron al Norte, hacia la frontera del Yorkshire, pero Robin no avanzaba con tanta energía como antes. Parecía que el cansancio de su alma se contagiaba al cuerpo.

Al llegar al monasterio de Kirklees, Robin pidió a la abadesa Margarita posada y cobijo para poder descansar. Se sentía enfermo, y Pequeño Juan no sabía cómo remediar aquel mal. Robin dormía en una celda y Pequeño Juan montaba guardia a la puerta, por miedo a cualquier traición.

La abadesa era tía segunda de Robin, pero dependía del abad de Santa María de Montcaduceus. Y pronto recibió una carta del abad diciéndole que sabía que allí se encontraba Robin y que, como proscrito por el rey, debía ser entregado a la justicia.

Al pobre Robin le atendieron algunos médicos del lugar, pero las pócimas que le suministraron no le servían de nada. Día a día se iba debilitando, y pronto no pudo ya alzarse del lecho.

Entonces apareció un médico, que decía que viajaba rumbo a Escocia, y que se detenía a pasar la noche en el monasterio. La abadesa le rogó que atendiera a su sobrino Robin, sin sospechar que en realidad había sido enviado por el abad de Montcaduceus.

El médico preguntó a la abadesa si le habían hecho una sangría, es decir, si le habían abierto una vena del brazo y habían dejado que sangrara un poco. La abadesa contestó que no, y el médico aseguró entonces que ése era el único remedio para su mal. Con la sangre saldría la sustancia infecciosa, y bastaría sangrarlo un poco para recuperarlo de su dolencia.

Delante de la abadesa y de Pequeño Juan el falso médico, con una lanceta, hizo salir sangre del brazo de Robin, ya muy debilitado, y luego le vendó fuertemente el brazo. Eso es lo que parecía, porque, con suma habilidad, y aprovechando que Robin se había desvanecido y que la abadesa y Pequeño Juan se encontraban al otro lado de la cama, hizo un nudo sobre el brazo de Robin, pero no rodeó ni apretó la venda. Así que, mientras Pequeño Juan montaba guardia a la puerta, Robin se iba quedando sin vida.

Cuando Juan entró para comprobar que su amo dormía, se dio cuenta de la mancha de sangre, y aunque entonces intentó anudarle bien la venda, era demasiado tarde. Robin abría los ojos y hablaba, como en sueños:

—Amigo, amigo Juan, voy a ver a mi dulce Mariana. Se me ha aparecido en un sueño y me ha dicho... me ha dicho... no puedo repetirte lo que me ha dicho. Pero... por favor, acércame mi arco y tráeme una flecha.

Juan, con el rostro cubierto de lágrimas, sabiendo que estaba presenciando la agonía de un valiente, le trajo lo que le pedía. La ventana de la celda estaba abierta, y Robin hizo que Pequeño Juan le ayudara a sentarse en la cama. Con gran esfuerzo logró tensar el arco y disparar la flecha, que cayó al otro lado del muro del monasterio, en el prado.

—Allí, allí donde esté la flecha quiero que me entierres, buen amigo. Allí... en el campo, para que mi cuerpo sirva de alimento a los árboles, y en ellos canten los pájaros cuando llegue el buen tiempo. Y ahora... ahora me despido de ti, porque me voy. Me voy... a ver a Mariana, a Mariana...

Así murió, con el nombre de Mariana en los labios. Pequeño Juan lloró largas horas junto a su cuerpo. Luego, totalmente abatido, salió al campo y vio que la flecha de Robin había caído bajo un roble. Aquella noche enterró allí su cuerpo.

Y Pequeño Juan deambuló por los caminos y por los pueblos de Inglaterra contando historias y describiendo todas las hazañas de Robert Fitzooth, conocido como Robin Hood, el rey de los proscritos del bosque de Sherwood.

INDICE

INDICE DE CAPITULOS

TÍTULOS PUBLICADOS:

- Mujercitas / Louisa May Alcott
- La llamada de la selva-Colmillo Blanco / Jack London
- Corazón / Edmundo de Amicis
- Viaje al centro de la Tierra / Julio Verne
- La cabaña del tío Tom / Harriet E. Beecher Stowe
- El jardín secreto / Frances Hodgson Burnett
- La isla del tesoro / Robert Louis Stevenson
- Las aventuras de Tom Sawyer / Mark Twain
- Robinson Crusoe / Daniel Defoe
- 20 000 leguas de viaje submarino / Julio Verne
- El maravilloso viaje del pequeño Nils / Selma Lagerlöf
- Los viajes de Gulliver / Jonathan Swift
- Cuentos de Navidad / Charles Dickens
- La isla misteriosa / Julio Verne
- Miguel Strogoff / Julio Verne
- Las aventuras de Pinocho / Carlo Collodi
- El pequeño lord / Frances Hodgson Burnett
- Los hijos del capitán Grant / Julio Verne
- Oliver Twist / Charles Dickens
- Las aventuras de Alicia / Lewis Carroll
- Moby Dick / Herman Melville
- Capitanes intrépidos / Rudyard Kipling
- El último mohicano / James Fenimore Cooper
- Robin Hood
- Las aventuras de Huck Finn / Mark Twain